当代诗人自选诗

陌生人的悬崖

霍俊明 —— 著

《星星》历届年度诗歌奖获奖者书系

梁　平　龚学敏　主编

四川文艺出版社

星星与诗歌的荣光

梁 平

《星星》作为新中国第一本诗刊，1957年1月1日创刊以来，时年即将进入一个花甲。在近60年的岁月里，《星星》见证了新中国新诗的发展和当代中国诗人的成长，以璀璨的光芒照耀了汉语诗歌崎岖而漫长的征程。

历史不会重演，但也不该忘记。就在创刊号出来之后，一首爱情诗《吻》招来非议，报纸上将这首诗定论为曾经在国统区流行的"桃花美人窝"的下流货色。过了几天，批判升级，矛头直指《星星》上刊发的流沙河的散文诗《草木篇》，火药味越来越浓。终于，随着反右运动的开展，《草木篇》受到大批判的浪潮从四川涌向了全国。在这场声势浩大的反右运动中，《星星》诗刊编辑部全军覆没，4个编辑——白航、石天河、白峡、流沙河全被划为右派，并且株连到四川文联、四川大学和成都、自贡、峨眉等地的一大批作家和诗人。1960年11月，《星星》被迫停刊。

1979年9月，当初蒙冤受难的《星星》诗刊和4名编辑全部改正。同年10月，《星星》复刊。臧克家先生为此专门写了《重现星光》一诗表达他的祝贺与祝福。在复刊词中，几乎所有的读者都记住了这几句话："天上有三颗星星，一颗是青春，一颗是爱情，一颗就是诗歌。"这朴素的表达里，依然深深地彰显着《星星》人在历经磨难后始终坚守的那一份诗歌的初心与情怀，那是一种永恒的温暖。

时间进入20世纪80年代，那是汉语新诗最为辉煌的时期。《星星》诗刊是这段诗歌辉煌史的推动者、缔造者和见证者。1986年12月，在成都举办为期7天的"星星诗歌节"，评选出10位"我最喜欢的中青年诗人"，北岛、顾城、舒婷等人当选。狂热的观众把会场的门窗都挤破了，许多未能挤进会场的观众，仍然站在外面的寒风中倾听。观众簇拥着，推搡着，向诗人们"围追堵截"，索取签名。有一次舒婷就被围堵得离不开会场，最后由警察开道，才得以顺利突围。毫不夸张地说，那时候优秀诗人们所受到的热捧程度丝毫不亚于今天的任何当红明星。据当年的亲历者叶延滨介绍，在那次诗歌节上叶文福最受欢迎，文工团出身的他一出场就模仿马雅可夫斯基的戏剧化动作，甩掉大衣，举起话筒，以极富煽动性的话语进行演讲和朗诵，赢得阵阵欢呼。热情的观众在后来把他堵住了，弄得他一身的眼泪、口红和鼻涕……那是一段风起云涌的诗歌岁月，《星星》也因为这段特别的历史而增添别样的荣光。

成都市布后街2号、成都市红星路二段85号，这两个地址已经默记在中国诗人的心底。直到现在，依然有无数怀揣诗歌梦想的年轻人来到《星星》诗刊编辑部，朝圣他们心中的精神殿堂。很多时候，整个编辑部的上午时光，都会被来访的读者和作者所占据。曾担任《星星》副主编的陈犀先生在弥留之际只留下一句话："告诉写诗的朋友，我再也不能给他们写信了！"另一位默默无闻的《星星》诗刊编辑曾参明，尚未年老，就被尊称为"曾婆婆"，这其中的寓意不言自明。她热忱地接待访客，慷慨地帮助作者，细致地为读者回信，详细地归纳所有来稿者的档案，以一位编辑的职业操守和良知，仿佛春风化雨，润物无声地温暖着每一个《星星》的读者和作者。

进入21世纪以后，《星星》诗刊与都江堰、杜甫草堂、武侯祠一道被提名为成都的文化标志。2002年8月，《星星》推出下半月刊，着力于推介青年诗人和网络诗歌。2007年1月，《星星》下半月刊改为诗歌理论刊，成为全国首家诗歌理论期刊。2013年，《星星》又推出了下旬刊散文诗刊。由此，《星星》诗刊集诗歌原创、诗歌理论、散文诗于一体，相互补充，相得益彰，成为全国种类最齐全、类型最丰富的诗歌舰队。2003年、2005年，《星星》诗刊蝉联第二届、第三届由中宣部、国家新闻出版总署、国家科技部颁发的国家期刊奖。陕西一位读者在给《星星》编辑部的一封信中写道："直到现在，无论你走到任何一个城市，只要一提起《星星》，你都可以找到自己的朋友。"

2007年始，《星星》诗刊开设了年度诗歌奖，这是令中国诗坛瞩目、中国诗人期待的一个奖项。2007年，获奖诗人：叶文福、卢卫平、郁颜。2008年，获奖诗人：韩作荣、林雪、茱萸。2009年，获奖诗人：路也、人邻、易翔。2010年，获奖诗人、诗评家：大解、张清华、聂权。2011年，获奖诗人、诗评家：阳飏、罗振亚、谢小青。2012年，获奖诗人、诗评家：朵渔、霍俊明、余幼幼。2013年，获奖诗人、诗评家：华万里、陈超、徐钺。2014年，获奖诗人、诗评家：王小妮、张德明、戴潍娜。2015年，获奖诗人：臧棣、程川、周庆荣。这些名字中有诗坛宿将，有诗歌评论家，也有一批年轻的80后、90后诗人，他们都无愧是中国诗坛的佼佼者。

感谢四川文艺出版社在诗集、诗歌评论集出版极其困难的环境下，策划陆续将每年获奖诗人、诗歌评论家作品，作为"《星星》历届年度诗歌奖获奖者书系"整体结集出版，这对于中国诗坛无疑是一件功德无量的举措。这套书系即将付梓，我也离开了《星星》主编的岗位，但是长相厮守15年，初心不改，离不开诗歌。我期待这套书系受到广大读者的青睐，也期待《星星》与成都文理学院共同打造的这个品牌传承薪火，让诗歌的星星之火，在祖国大地上燎原。

2016年6月14日于成都

目录

"还乡河"与"乡愁"的海峡

> 妈妈疲倦了　她的头靠在"和谐号"的椅背上
>
> 她不出声，脸朝向窗外
>
> 皱纹堆垒的脸看不出表情　车窗里的人们面无表情
>
> 车窗外的田野也没有表情
>
> 连头顶上万里无云的天空
>
> 也看不出表情

——霍俊明《与老母乘动车回乡》

还乡河，是我丰润老家一条河流的名字。而对于时下的中国诗人而言，似乎他们都宿命性地走在一条"回乡"的路上。而这还不只是语言和文化根性层面的，而恰恰是来自于现实的命运。

实际上，几十年来对于这条故乡的河流我倍感陌生，尽管儿时门前的河水在大雨暴涨时能够淹没那条并不宽阔的乡间土路。甚至在1990年夏天的特大暴雨时，门前的河水居然上涨了两米多，到了院墙外的台阶上。那时我15岁，似乎并没有因遭受暴雨和涝灾而苦恼，而是沿着被水淹没的道路深一脚浅一脚地去抓鱼。那时的乡村实际上已经没有道路可言，巨大的白杨树竟然被连根拔起而交错倒在水中。

在无数次回乡的路上，我遭遇的则是当年"流放者归来"一样的命运——"他在寻找已经不再存在的东西。他所寻找的并不是他的童年——当然，童年是一去不复返的——而是从童年起就永远不忘的一种特质，一种身有所属之感，一种生活于故乡之感。那里的人说他的方言，有和他共同的兴趣。现在他身无所属——自从新混凝土公路建成，家乡变了样；树林消失了，茂密的铁杉树被砍倒了，原来是树林的地方只剩下树桩、枯干的树梢、枝丫和木柴。人也变了——他现在可以写他们，但不能为他们写作，不能重新加入他们的共同生活。而且，他自己也变了，无论他在哪里生活，他都是个陌生人"。

多年后，为了认清故乡的这条河流，我不得不借助百度进行搜索，因为我无力沿着这条几近干枯和曾经污染严重的河流踏踏实实地走下去。

百科显示：还乡河，古称浭水（庚水）。海河流域北系蓟运河的支流。还乡河发源于河北省迁西县新集以南泉庄村，流经河北省唐山市丰润区、玉田县，在宁河汇入蓟运河入海。全长160公里，在丰润境内60公里，流域面积460平方公里。还乡河原为常年河，因水量大部分控制在上游水库，现已成为季节河流。还乡河又名巨梁河，1984年引滦入还，滦河水从大黑汀水库放出，进渡槽过涵洞从南观村东钻出注入小草河，于柴家湾村进入还乡河。还乡河于岩口村西纳牵马岭沟（季节河），五凤头纳铁厂小河，在偏峪进入邱庄水库。

据传南宋建炎元年（1127年）宋徽宗赵佶被辽掳获途经丰润浭水河，凝视西流的河水无比心酸地慨叹"凡水皆东，唯此独西，吾安得似此水还乡乎？"此后，溟水易名为还乡河。

20世纪80年代初，在华北平原冀东大地的一个乡村里，一群少年穿着由母亲缝制的脏兮兮的棉袄在墙角排成一排。他们将双手插在袖子里，矮小的身体互相撞来撞去以此取暖。此时正是寒冬，他们呼吸的哈气在同样低矮的教室外形成一个个小小的气团。我就是其中的一个。如今，校园已被拆除，片瓦无存。校园背后的河水早已经枯干，那个因为儿子和媳妇不孝而跳河自杀的婆婆早已经被乡人淡忘。这就是我一个人的历史，它们远去了但又似乎没有远去。它们深深扎根在我并不宽大的内心深处。它们是一个个小小的荆棘，不时挑动和刺痛我。

在我的记忆中，1985年前后，我所在的冀东平原上开始大量出现砖厂，而整日大汗淋淋地挖土方、拉车运土、滑架、烧砖的工人大多是来自内蒙古赤峰和张家口坝上地区的外乡人。每天的皱巴巴的少得可怜的收入，却让他们笑逐颜开，因为即使这样少得可怜的收入在他们看来也是不菲的数目了。这些外乡人就住在烟熏火燎、乌烟瘴气的砖厂旁搭起的简易窝棚中，在少有的工暇之余，开始寻找娱乐和轻松。青年男女们互相打闹，有的闹着闹着就生了孩子。那些略有姿色的外乡女则纷纷找个当地人家成亲、落户。我的内心时常被这样的场景所震动——当我几次站在并不高大的没有任何植物的裸露的燕山山脉的一个无名的山顶，看着那林立的砖厂的巨大烟囱和长年不息的炉火和浓烟以及其间蚂蚁般劳累的生命，我感到的只能是茫然和沉重。尽管我没有像那些农民工一样承受过多的艰辛，但是我20多年的乡村生活同样是沉重、贫困和悲苦的。然而，这些当年林立的砖厂和烟囱已经在几年后倒塌，这些在外乡务工的人重新踏上了漂泊之途。

　　2011年，在华北的极度干旱中，在春节过后的第一场中雪中，我和家人重新回到了北京。在一个凌晨，曾经无比喧闹和拥堵的黄寺大街寂静无声。在空旷的大街上我感到少有的陌生。此刻风正吹来，抖落树上的积雪。在冬天的北京，只有我的母亲和妻子能够执着地送我远行。她们的身影一次次成为我最温暖的记忆，而我也是一次次愧对她们。记得2009年的春节，大雪封路。在黑色的黎明中我要步行到小镇上去坐公交车到县城。七十多岁的母亲在前天夜里就说要送我，我坚决反对。因为白雪不仅覆盖了大地，而且道路上结了厚厚的一层冰。万一母亲摔倒，我可承受不起。后来，临睡觉时，母亲似乎妥协了，说好送我到村口。一大早起来，外面黑漆漆的。父亲正在烧火，母亲在做饭。我曾在一本书的后记中提到过这个场景，而此情此景将终生刻印心底。炉火闪亮，父亲近已秃顶的头部此刻闪着红色的光。饭后，我拿着行李出来。母亲在前面打着手电筒，到了村口我让母亲回去，母亲说再走几步。结果是我不断地劝，她不断说再走走。这样，母子二人在茫茫冬夜无比光滑和危险的冰雪路上蹒跚前行，那微弱的手电筒发出的光亮让黎明前的时刻更加黑暗。就这样我们穿越了另外一个村庄，实际上再走几步就要到镇上了。我执意让母亲回去，母亲最终答应了。回首来路，我能够看到在高大的杨树下是我曾走过无数次的田间土路，母亲手电筒微弱的光亮在缓慢地移动。我知道那是母亲在小心翼翼地走路，她的世界只有远行的儿子。直到看不到母亲手电筒的光亮，我才继续在冰雪之路上赶路。而多年前——2000年的冬天，那时也是大雪封路。我在一个清晨出村赶着去市里参加硕士研究生入学考试。母亲抱着我的乳儿送我出村。穿过厚厚的被雪覆盖的麦田时，一只野兔从西北处跑过来，转瞬间消失了。我是属兔子的，很早时算命先生就说我是一只"野兔"。

我感受到冥冥之中的命运。

《少年派的奇幻漂流》是命运使然，也是一种宗教性和命运感的身份确认。

而对于文学批评而言，我们也许没有派这样的幸运。当我在2013年春节即将到来的时候和同乡一起返乡，从北京到河北的高速路上大雾弥漫，伸手只见五指。朋友身子前倾，眯着眼盯着前方。汽车从玉田县的高速路上下来，缓慢行驶在开往老家的二级公路上。我对几十年来熟悉的地方竟然陌生不已。这种感觉竟然与同时代的小说家徐则臣在长篇小说《耶路撒冷》中主人公初平阳陌生不已的还乡路如出一辙。原来，现实发生的与词语虚构的会惊人地重合。那个黑夜，我竟然如此真切地觉得还乡的路竟然和异乡的路是同一条路。可怕的命运！是的，对于曾经的"故地"而言，很多事物正在可怕地消失——"到世界去。我忽然想起花街上多年来消失的那些人：大水、满桌、木鱼、陈永康的儿子多识、周凤来的三姑娘芳菲，还有坐船来的又坐了离开的那些暂居者。他们在某一天突然消失，从此再也不见。他们去了哪儿？搭船走的还是坐上了顺风车？"（《耶路撒冷》）

而黑夜和冰雪中那条名为"还乡河"的河水早已经流干，被扔弃的病猪尸体和黑色的剧毒农药瓶子在雪地上分外显眼。当我们不断抱怨现实，我们也一次次远离了真正的现实本相。多年来，我并未能真正理解和反思我的乡村命运，而对于几百里之外的京城我也一直心存恐慌。当不得不通过文字和想象来看待这个世界时，我们是否已经做好了充分的心理准备？在污染严重雾霾重重人们争先谈论天气的时代，我们是否为当下的文学和诗歌提前做好了阴晴冷暖的统计表格？在娱乐和消闲的图书市场和柔靡芳香的咖啡馆里，你蒙尘的书是被哪只手不经意地拿起又匆促地放下？

在北京的城市空间，我偶尔会想起乡下院子里父亲和三舅亲手打造的那架松木梯子——粗糙、结实、沉重。它如今更多的时候是被闲置在院子里一个角落，只有偶尔修房补墙的时候才能派上用场。显然这架有着淡淡松木香味的梯子成了我的精神象征。在一个精神能见度降低的钢铁水泥城市空间，我需要它把我抬高到一个位置——看清自己的处境，也顺便望一望落日，看一看暮色中并不清楚的远方。我想这把梯子不只是属于我一个人的，更是属于这个时代的每一个人。诗歌就是生活的梯子——沉滞麻木的生活需要偶尔抬高一下的精神景观，哪怕诗意只是提高小小的一寸。向上的路和向下的路实际上是一条路。正如备受争议的余秀华说的："诗歌是什么呢，我不知道，也说不出来，不过是情绪在跳跃，或沉潜。不过是当心灵发出呼唤的时候，它以赤子的姿势到来，不过是一个人摇摇晃晃地在摇摇晃晃的人间走动的时候，它充当了一根拐杖"（《摇摇晃晃的人间》）。

对于诗歌而言，这一架梯子显然代表了写作的难度和精神方向性。当年的很多先锋诗人尽管目前仍然勉为其难地坚持写作（很多早已经偃旗息鼓），尽管他们也仍扛着或提着一个想象性的梯子，但是这个梯子更多的时候是无效的。因为在一些人那里，这个梯子不是来自于中国本土，而是来自于西方的材料。到了文学如此飞速发展的今天，这个单纯由西方材料制造的梯子已经承受不起人们踩登上去的重量。而更多的时候这一诗歌的梯子也只是被提在手里，甚至是横放在门口或某个角落——不仅不能发挥高度和长度的效用，而且成了庞大的累赘和摆设。

说到地方性知识以及"乡愁"，我们不能不提到隔海相望的台湾。到了今天，这种"乡愁"已经不再只是地缘政治层面的，而是更多呈现为原乡意识和精神内里。正如郝誉翔在台湾人间出版社版梁鸿《中国在梁庄》的推荐语中所慨叹的那样："其实台湾又何尝没有类似的'梁庄'呢？只可惜报道文学这个文类在当前的台湾，已然奄奄一息，以致农村真实的故事似乎还一直无法进入文学的视野。"

在我看来，台湾因为岛屿和海洋文化以及地缘政治的影响，其地方性的意识和身份焦虑症是相当强烈的。正如八卦山之于赖和、东海花园之于杨逵、美浓小镇和笠山之于钟理和、城南水岸之于林海音、高雄西子湾之于余光中、左营之于《创世纪》诗社、宜兰平原之于黄春明一样，台湾的学者非常注重研究这些作家的书写空间。在他们看来，这些书写空间和场所对于作家的生活、写作甚至文学运动都有着不可替代的意义。而对于那些由大陆去台的知识分子其尴尬的乡愁和文化心态更是与台湾的"在地"文学发生复杂的纠结性对话。272平方公里的台北各个街道都是由大陆的各个省份和城市命名。由这些地名所构成的特殊意义上的"中国地图"必然会让人联想到台湾偏安一隅的政治焦虑，或可看作蒋介石企图收复大陆的愿望，"失去了实体的万里江山，就把这海角一隅画出个梦里江山吧，每天在这地图上走来走去，相濡以沫，彼此取暖，也用来卧薪尝胆，自勉自励"（龙应台语）。但实际状况是，1945年日本在台湾的统治结束后，国民政府在11月17日即下发了《台湾省各县市街道名称改正办法》。而街道名称的改正和重新命名正是从这时开始的，而不是在蒋介石国民政府兵败去台之后。1947年，建筑师郑定邦将一张中国地图铺盖在台北街道图上。与此相应的各个街道就与各个省份发生了奇妙的对应。但是在两岸的政治文化背景之下，大陆人行走在台北的各个街道自然会产生一种莫名的因为地缘政治而带来的极其特殊的感觉。而这种感觉在上海就不会有，尽管上海的街道命名方式与台北极其相似。而对于台湾作家龙应台而言，她在《大江大海一九四九》中所流露出来的地方性焦虑更是难以排遣："你把街道图打开，靠过来，跟我一起看：以南北向的中山路、东西向的忠孝路画出一个大的十字坐标，分出上下左右四大块，那么左上那一区的街道，都以中国地理上的西北城市为名，左下一块，就是中国的西南；右上那一区，是东北，右下，是东南。所以如果你熟悉中国地理，找'成都路''贵阳路''柳州街'吗？往西南去吧。找'吉林路''辽宁路''长春路'吗？一定在东北角。要去'宁波街''绍兴路'吗？"而当2011年我第一次走在海峡对岸的台湾街头，那迎面而来的中山路、中正路、林森路、北京路、西藏路、南京路以及中山广场、中正广场带来的是难以形容的感受。日本学者芦原义信认为，街道的名称十分重要是因为它同生活是不能分割的。但是他可能不了解中国，因为对于中国而言，街道的命名实际上不只是与生活有关，更与文化、历史甚至政治有关。

2011年10月，北京，秋天。在植物园的卧佛寺旁巨大的银杏树下，一个来自海峡对岸的青年女诗人和我谈起了两岸诗歌。很多次，我也试图谈论两岸的诗歌状况，但是我感受到了巨大的惶恐，因为我觉得没有能力将海峡两岸的带有差异性的庞大诗歌群体予以准确的描述和评骘。迷津上空的巨大雾群需要慢慢地散尽。当11月26日中午我与台湾诗人杨佳娴在北京的"雕刻时光"咖啡馆匆匆一聚——在并不安静的空间里谈论诗歌毕竟还是奢侈和艰难的一件事情，当我们在北京车声滚沸的街头告别，当不久之后的夜晚降临，我能够感受到的诗歌的翅膀似乎正在飞跃那并不浅的海峡。两岸诗歌尽管有着一定范围内的诗学共通之处，但是由于文化语境、地方性知识、社会政治结构等诸多因素的影响，其差异性是显豁的。尽管随着近年来的全球化和城市化进程的加速、新媒体和自媒体的个体写作经验的扩张以及生活方式的趋同化，两岸诗歌写作存在着逐渐弥合的趋势，但是由于历史的惯性和历史文化语境以及诗学谱系进程的延宕性，两岸诗歌仍然延续着各自的精神图景。共性和歧路共存的精神地理学图景正像一个充满歧路的花园。随着两岸"泛政治"时代的远去，诗歌写作在多元的维度中又不约而同地呈现出对日常和无"诗意"场景的关注和重新"发现"。也就是说当下的两岸诗歌在很大程度上呈现了一种"日常化诗学"。我们是否有足够的勇气和自信来面对一个写作数量日益激增，博客、微博、手机等自媒体日益发达的时代？只能说，对于仍然深不见底的海峡，对于更为多元和个性化的诗歌写作而言，两岸诗人都以各自知冷知热的方式以及不可消弭的个性呈现出一个"歧路的花园"般的精神地理学。而这个漫布歧路和迷津的花园里正在上演着一千零一夜的故事。倾听，还需要继续下去。对于海峡以及台湾少数民族的命运来说，我耳畔一直回响的是台湾排湾族诗人莫那能的诗句——

　　从"生番"到"山地同胞"

　　我们的姓名

　　渐渐地被遗忘在台湾历史的角落

　　从山地到平地

　　我们的命运，唉，我们的命运

　　只有在人类学的调查报告里

　　受到郑重的对待与关怀

　　强权的洪流啊

　　已冲淡了祖先的荣耀

　　自卑的阴影

　　在社会的边缘侵占了族人的心灵

　　我们的姓名

　　在身份证的表格里沉没了

　　无私的人生观

　　在工地的鹰架上摆荡

　　在拆船厂、矿坑、渔船徘徊

　　庄严的神话

成了电视剧庸俗的情节

传统的道德

也在烟花巷内被踩躏

英勇的气概和纯朴的柔情

随着教堂的钟声沉静了下来

我们还剩下什么？

在平地颠沛流离的足迹吗？

我们还剩下什么？

在悬崖犹豫不定的壮志吗？

如果有一天

我们要停止在自己的土地上流浪

请先恢复我们的姓名与尊严

当2011年春节的冷峭中我乘港龙航班飞越台湾海峡上空的时候，蓝色的天空和大海让我想到的却是故乡那条日益消瘦干枯的河流——还乡河。

远在远方的风比远方更远

目击众神死亡的草原上野花一片

远在远方的风比远方更远

我的琴声呜咽　泪水全无

我把这远方的远归还草原

一个叫木头　一个叫马尾

我的琴声呜咽　泪水全无

远方只有在死亡中凝聚野花一片

明月如镜　高悬草原　映照千年岁月

我的琴声呜咽　泪水全无

只身打马过草原

——海子《九月》

　　海子写作《九月》这首诗的时候是在1986年。那时的他还仍然渴望着爱情。

　　20世纪80年代的最后一个春天拒绝了诗歌和诗人。中国的大地和天空在剧烈的战栗中留下难以弥合的永远的阵痛。每年3月26日，诗歌界都必然会迎接盛大节日一般再一次谈论一个诗人的死亡，必然会有各路诗人和爱好者以及媒体赶赴高河查湾的一个墓地朗诵拜祭。对于海子这样一个经典化和神化的诗人，似乎海子的一切已经"盖棺定论"，而关于"死亡"的话题已经掩盖了海子诗歌的本来面目。这多少是一种悲哀。

格非的《春尽江南》这部长篇小说的题目曾经长期让我迷恋和充满期待。这一具有强烈的诗意化象征的词语让我对"江南"充满了各种想象。江南的春天该是如此的让人向往和迷恋并值得反复追忆，而事实上却是江南的春天也有一天走向了尽头——曾经的春意必将枯萎。这显然也一定程度上凸显了格非《春尽江南》这部小说的精神宏旨——由繁荣到枯萎，由诗意葳蕤到理想丧尽。这呈现的恰好是中国20世纪80年代末期以降知识分子的命运和先锋精神颓败的寓言。"春尽江南"是从一个春天的"诗人之死"开始的——"原来，这个面容抑郁的年轻人，不知何故，在今年的3月26日，在山海关附近卧轨自杀了。她再次看了一眼墙上的照片，觉得这个人无论是从气质还是从眼神来看，都非同一般，绝不是自己那乡下表弟能够比拟的，的确配得上在演讲者口中不断滚动的'圣徒'二字。尽管她对这个其貌不扬的诗人完全没有了解，尽管他写的诗自己一首也没读过，但当她联想到只有在历史教科书中才会出现的'山海关'这个地名，联想到他被火车压成几段的遗体，特别是他的胃部残留的那几瓣尚未来得及消化的橘子，秀蓉与所有在场的人一样，立刻流下了伤痛的泪水，进而泣不成声。诗人们纷纷登台，朗诵死者或他们自己的诗作。秀蓉的心中竟然也朦朦胧胧地有了写诗的愿望。当然，更多的是惭愧和自责。正在这个世界上发生的事，如此重大，自己竟然充耳不闻，一无所知，却对于一个寡妇的怀孕耿耿于怀！她觉得自己太狭隘了，太冷漠了。晚会结束后，她主动留下来，帮助学生会的干部们收拾桌椅，打扫会场。"此后诸多的文学叙述中由"诗人之死"开始中国进入到一个"全新"的时代。而这种精神的剧烈震荡、中断和转换不能不在一代人关于历史与现实的想象和叙述中占有着相当重要的位置。与此同时，这种恍惚的历史感和先锋精神的断裂感也成为评价当下现实的一个重要尺度。显然在小说家格非这里扩充和夸张了1989年海子自杀给诗坛和文学青年所带来的影响。但是因为海子的自杀带有着历史和精神的双重寓言的性质，我们确实能够在这里得以窥见时代之间的诗人差异与思想转换。

当诗歌和诗人成为公众心目中偶像，这个时代是不可思议的！当诗歌和诗人已经完全不被时代和时人提及甚至被否弃，这个时代同样是不可思议的！吊诡的是这两个不可思议的时代都已经实实在在地发生在中国诗人身上。甚至在此发生过程中众多的普通人和写作者们都感受到了空前的撕裂感和阵痛体验。可以想见，这种对历史和现实的双重疼痛的体验，已经成为诸多写作者们最为显豁的精神事实。所以，对于那些经历了两个截然不同的时代的诗人而言叙述和想象"历史"和"现实"就成为难以规避的选择。然而需要追问的是我们拥有了历史和现实的疼痛体验却并非意味着我们就天然地拥有了"合格"和"合法"地讲述历史和现实的能力与资格。

人们茶余饭后津津乐道的是海子的死亡和他的情感生活，海子一生的悲剧性和传奇性成了这个时代最为流行的噱头。在公众和好事之徒那里，海子的诗歌写作成就倒退居其次。海子的自杀在诗歌圈内尤其是"第三代"诗歌内部成了反复谈论的热点，也如韩东所说，海子的面孔因此而变得"深奥"。而对于一般读者而言，海子的死可能更显得重要，因为这能够满足他们廉价的新奇感、刺激心理和窥视欲。甚至当我们不厌其烦一次次在坊间的酒桌上和学院的会议上大谈特谈海子死亡的时候，我们已经忽视了哪一个才是真正的海子。海子死亡之后，海子诗歌迅速的经典化过程是令人瞠目的，以至这种过程的迅捷和影响还没有其他任何诗人能够与之比肩。

海子定格在1989年，定格在25岁。这是一个永远年轻的诗人。

我在2012年7月底从北京赶往德令哈，海子强大的召唤性是不可抗拒的。在赶往德令哈途中的戈壁大雨滂沱，满目迷蒙。那些羊群在土窝里瑟瑟避雨。当巴音河畔海子诗歌纪念馆的油漆尚未干尽的时候，一个生前落寞的诗人死后却有如此如此多的荣光和追捧者。应诗人卧夫（1964—2014）的要求，我写下这样的一段话（准备镌刻在一块巨大的青海石上）："海子以高贵的头颅撞响了世纪末的竖琴，他以彗星般灼灼燃烧的生命行迹和伟大的诗歌升阶之书凝塑了磅礴的精神高原。他以赤子的情怀、天才的语言、唯一的抒情方式以及浪漫而忧伤的情感履历完成了中国最后一位农耕时代理想主义者天鹅般的绝唱。他的青春，他的远游，他的受难，他诗神的朝圣之旅一起点亮了璀璨的星群和人性的灯盏。海子属于人类，钟情远方，但海子只属于唯一的德令哈。自此的夜夜，德令哈是诗神眷顾的栖居之所，是安放诗人灵魂的再生之地！"

是的，海子不仅进入了中小学教材和当代诗歌史，也成了房地产开发商和各种地方政府赚得文化资本的噱头，而且海子的经典化仍在大张旗鼓加速度地继续和强化。我觉得在当下谈论海子更多的时候成了一种流行的消费行为。在我看来，海子现象已经成为当代汉语诗歌生态的一个经典化的寓言。换言之，就海子的诗歌和人生可以反观中国当代汉语诗歌生态存在的种种显豁的问题和弊病。海子在接受和传播过程中被不断概念化和消费化。揭开中国当代汉语诗歌生态问题的序幕必须从海子开始，此外的任何诗人都不可能替代海子，因为在当下甚至多年前海子已经成了"回望80年代"的一个标志性符号甚至是被人瞻仰的纪念碑。问题的关键所在是在浩如烟海的关于海子的研究和回忆性的文章中，中国诗人尤其是诗歌批评界已经丧失了和真正的海子诗歌世界对话的能力。翻开各种刊物和网站上关于海子的文章，它们大多是雷同的复制品和拙劣的衍生物。换言之，海子研究真正进入了瓶颈期，海子的"刻板印象"已经形成常识。

我们面对海子已经形成了一种阅读和评价的惯性机制，几乎当今所有的诗人、批评者和大众读者在面对海子任何一首诗歌的时候都会有意或无意地将之视为完美的诗歌经典范本。这种强大的诗歌光环的眩晕给中国诗歌界制造了一次次幻觉，海子的伟大成了不言自明的事。所以我们可以得出这样一个结论：海子这个生前诗名无几的青年诗人在死后成了中国诗坛绕不开的一座旗帜和经典化的纪念碑。而我们也看到这位诗人生前的好友寥寥无几甚至多已作古，然而我们在各种媒体尤其是网络上却看到了那么多自称是海子生前好友的人。我们只能说海子已经是一个被完型和定型化的诗人，是一个过早"盖棺定论"的诗人。但是我们忽视了一个极其重要的问题，即我们目前所形成的关于海子的刻板印象实际上仍然需要不断地修正和补充，因为时至今日海子的诗歌全貌仍然未能显现。我同意西川所说的尽管海子死亡之后中国社会和文坛发生了太多变化，但海子已经不再需要变化了，"他在那里，他在这里，无论他完成与否他都完成了"。确实海子以短暂的25年的青春完成了重要甚至伟大的诗歌，他似乎已经成了定型和定性的诗人。但是我想强调的是对于中国诗歌批评界而言海子还远远没有被最终"完成"，因为海子的诗、文、书信以及其他的资料的搜集、整理还远远没有做完。

海子作为一个诗人的完整性仍然处于缺失之中。

从1989年到现在20多年的时间里，中国的诗人、批评家和读者捧着几本海子的诗集沉浸于悲伤或幸福之中。悲伤的是这个天才诗人彗星般短暂而悲剧性的一生，幸福的是中国诗坛出现了这样一个早慧而伟大的"先知"诗人。除了极少数的诗人和批评家委婉地批评海子长诗不足之外，更多的已经形成了一种共识，即海子的抒情短诗是中国诗坛的重要的，甚至是永远都不可能重复也不可能替代的收获。在相当大的程度上，海子诗集在其死后极短时间内面世，对于推动海子在中国诗坛的影响和经典化是相当重要的。然而我发现海子的诗歌文本存在着大量的改动情况，甚至有的诗作的变动是相当惊人的（这无异于重写）。而目前我还难以确定海子诗歌文本的修改和变动是海子个人有意为之，还是其他的编选者和刊物编辑所造成的。但是最重要的是海子诗歌的这种变动现象是值得研究的，而遗憾的是时至今日研究海子诗歌版本的史料工作似乎仍是空白。

海子像一团高速燃烧的烈焰，最后也以暴烈的方式结束了自己的生命。海子曾说："从荷尔德林我懂得，诗歌是一场烈火，而不是修辞练习。"他，无疑这样做了，而且非常出色与惊人。海子启示录般的生命照耀，以其一生对诗歌的献身和追附，使他的诗在诗歌世界幽暗的地平线上，为后来者亮起一盏照耀存在、穿越心性的灯光，使得诗呈现出前所未有的辽远与壮阔。"春天，十个海子全部复活/在光明的景色中"。

我想海子需要的不只是今天的赞美。

1986年，海子在草原的夜晚写下《九月》。这首诗后来经由民谣歌手周云蓬的传唱而广为人知。可是对于这首背景阔大、内心苍古悲凉的诗却有多少人能真正理解呢？草原上众神死亡而野花盛开，生与死之间，沉寂与生长之间，神性与自然之间形成了如此无以陈说的矛盾。接下来那无限被推迟和延宕的"远方"更是强化了整首诗的黑暗基调。而在此后的二十多年时间，中国诗人不仅再也没有什么神性可言，而且连自然的秘密都很少有能力说出了。这算不算是汉语和人性的双重渊薮呢？

我曾经在1994年第一次坐上绿皮火车的时候幻想远方，并一次次想起一个诗人关于远方的诗。而曾经悲痛于"远在远方的风比远方更远"的海子可能并没有预料到，二十多年后一个"没有远方"的时代已经降临。现实炸裂的新闻化的今天，在一个全面城市化的时代，我们的诗人是否还拥有精神和理想的"远方"？谁能为我们重新架起一个眺望远方的梯子？我们如何才能真正地站在生活的面前？

你从远方来，我到远方去

黑夜从大地上升起
遮住了光明的天空
丰收后荒凉的大地
黑夜从你内部上升

你从远方来，我到远方去
遥远的路程经过这里
天空一无所有
为何给我安慰

丰收之后荒凉的大地
人们取走了一年的收成
取走了粮食骑走了马
留在地里的人，埋得很深

草叉闪闪发亮，稻草堆在火上
稻谷堆在黑暗的谷仓
谷仓中太黑暗，太寂静，太丰收
也太荒凉，我在丰收中看到了阎王的眼睛

黑雨滴一样的鸟群

从黄昏飞入黑夜

黑夜一无所有

为何给我安慰

走在路上

放声歌唱

大风刮过山岗

上面是无边的天空

———海子《黑夜的献诗》

　　尽管北岛等"今天"诗人以及此前的白洋淀诗群和食指还在南方尤其是西南的校园先锋诗人中有着广泛影响，但是随着1986年诗歌大展和第三代诗歌运动的开始，诗歌地理的重心已经由北京位移到成都和南京、上海等地。从此时开始，整体性意义上一度边缘和弱化的"南方"诗学和精神气象开始引人注目并成呼啸之势。尽管这一先锋诗歌运动迅速宣告结束，运动中"存活"的诗人也是寥寥无几，但是从诗歌地方性的角度考量仍然有诸多重要的问题值得再次关注和反思。

　　而较之轰轰烈烈的"第三代"诗歌运动，曾经代表了文化主导权的北方以及北京诗歌开始显得沉寂。即使在昌平的海子和圆明园废墟上的一些北京先锋诗人那里也不得不接受扑面而来的挑战和冷寂。

圆明园附近的几个村庄曾经成为八九十年代北京先锋艺术的聚集地，诗人、画家在历史的废墟旁从事艺术活动本身就充满了丰富的文化象征性。而圆明园自身带有的文化和沧桑历史感不仅影响到这一时期的北京先锋诗人和艺术家，而且也成为一些南方诗人的聚集场所。当时黄翔的好友，时在北京的贵州诗人王强就在这里创办刊物《大骚动》，不遗余力地宣传黄翔、哑默等贵州诗人的诗作。

一个躁动的诗歌时代开始了！

当1987年《诗刊》第七届青春诗会在北戴河召开的时候，住在面朝大海的一个普通宾馆里参会的诗人西川可能不会想到两年之后自己的好友会在这里不远的一段铁轨上完成一个时代的诗歌悲剧。

这一届青春诗会的阵容较为强大，其中有西川、欧阳江河、陈东东、简宁、杨克、郭力家、程宝林、张子选、力虹等。雄伟、壮阔却又无比沧桑、荒凉的山海关开启了这些青年诗人诗歌的闸门。面对着北戴河海边不远处的玉米地和苹果树，有诗人高喊"把玉米地一直种向大海边"。在一场突如其来的暴雨中，王家新、西川等这些被诗歌的火焰烧烤的青年却冲向大海。欧阳江河还站在雨中高举双手大喊："满天都是墨水啊！"正是在山海关，欧阳江河写下了他的代表作《玻璃工厂》。此时年轻的诗人海子却孤独地在昌平写作！当他得知好友西川参加此次青春诗会时，他既为好友高兴又感到难以排遣的失落。

王家新从北戴河回来后不久收到了骆一禾的诗学文章《美

神》。而对于那时骆一禾和海子以及南方一些诗人的长诗甚至"大诗"写作王家新是抱保留态度的，但是更为敏锐的王家新也注意到，正是20世纪80年代特有的诗歌氛围和理想情怀使得写作"大诗"成为那个时代的标志和精神趋向，"在今天看来，这种对'大诗'的狂热，这种要创建一个终极世界的抱负会多少显得有些虚妄，但这就是那个年代。那是一个燃烧的向着诗歌所有的尺度敞开的年代"。（《我的八十年代》）而更具有戏剧性意味的则是，当1988年夏天海子准备和骆一禾一同远游西藏的时候，骆一禾却接到了第八届青春诗会的邀请（其他的参会诗人还有萧开愚、海男、林雪、程小蓓、南野、童蔚等）。

海子不得不只身远游，那种孤独和落寞比1987年西川参会时更甚。设想，如果海子和骆一禾同时参加青春诗会，或者二人一同远游西藏，也许就不会有1989年春天的那场悲剧。而也是那个重要的历史节点上的疼痛与悲剧"成就"了这位诗人。

当2001年"人民文学奖"的诗歌奖颁给食指和已故的海子的时候，诗坛再次轰动。为什么是北京的一个"疯子"和一个"死人"获此殊荣？这让那些活着的诗人尤其是"外省"的诗人们情何以堪？

时至今日，仍然有很多诗人和研究者在质疑"地下"诗歌先驱者食指的影响，甚至认为食指的历史价值是被"人为"制造出来的。但是透过很多人的回忆我们仍然能够感受到手抄本在那个政治禁锢年代里的特殊意义和不可替代的影响。1993年8月26日，四川摄影家肖全从芒克那里找到食指在北京第三社会福利院的地址。当他们终于在昌平沙河镇北大桥路东见到这个既普通又特殊的院落时，大街上匆匆而过的人们哪里会想到这里竟然生活着一位影响了几代人的诗人。而肖全当时的激动心情是难以形容的。在他和诗人陈少平在北京一家路边小餐馆吃饭时，陈少平说食指的诗曾挽救了一代人。主要收治"三无"精神病患者的北京第三社会福利院却因为一个叫食指的诗人而获得了非同寻常的诗歌地标的意义。在北京郊区那个平常不过甚至相当落寞的院落里，在几十个病人和护士中间，夹杂着个一只手腕上挂着一串钥匙、一只手夹着烟卷的，满脸沧桑和皱纹，连外出都要请示，半个馒头的奖赏都能让其幸福半天的"病人"，这一场景却一度成为中国当代汉语诗歌史上意味深长的场景。

海子曾经在20世纪80年代有一个理想，那就是到远方去，到南方去，到海南去。

在那样一个理想主义和青春激情无比喷发的时代，诗人对"别处"和"远方"怀有空前的出走冲动是可以理解的。而"别处"无疑在诗人的想象中产生了无比美妙和神奇的诗意吸引力。这就像当年的列维·斯特劳斯对巴西和南美洲的想象一样，"巴西、南美洲在当时对我并无多大意义。不过，我现在仍记得非常清晰，当我听到这个意想不到的提议时，脑海中升浮起来的景象。我想象一个和我们的社会完全相反的异国景象，'对跖点'（位于地球直径两端的点）这个词对我而言，有比其字面更丰富也更天真的意义。如果有人告诉我在地球相对的两面所发现到的同类的动物或植物，外表相同的话，我一定觉得非常奇怪。我想象中的每一只动物、每一棵树或每一株草都非常不同，热带地方一眼就可看得出其热带的特色。在我的想象中，巴西的意思就是一大堆七扭八歪的棕榈树里面藏着设计古怪的亭子和寺庙，我认为那里的空气充满焚烧的香料所散发出来的气味"（《忧郁的热带》）。而20世纪80年代被激情和理想鼓动的先锋诗人正迫切需要这样的地理"知识"和文学想象。

> 昌平位于东经115°50′30″至116°29′51″，北纬40°01′45″至40°23′25″之间，地处北京西北郊。昌平位于北京市区正北30公里，为温榆河冲积平原与军都山结合地带，西临太行山脉，北依燕山山脉。昌平三分之二为山区、半山区，大部分地区海拔在250米至700米之间，地形地貌多样。地势西北高，东南低。主要山脉为燕山支脉军都山，主要河流属温榆河水系。

1988年年底，海子的好友骆一禾和西川先后结婚，但海子仍单身一人。当他最好的朋友有了家庭也多了份责任的时候，海子感受到的是一种失落，因为海子是不赞成婚姻这种方式的。

1988年11月，冬日的昌平已经下过了几场小雪。

骆一禾同妻子一同去看望海子，而海子之前已经是接连4天吃便宜的毫无营养的方便面了。在骆一禾和妻子在昌平海子处住下来的4天时间里，做饭时海子居然连味精都不让放。为了节省每一分钱，海子居然只看过一两次电影。而他却对县城里哪个文印社比较便宜了如指掌。在几千里之外的钟鸣看来，海子处于昌平和北京的"中间"地带，而北京和昌平都不是来自于安徽的诗人海子的最后栖居之所，"海子在两个地区都不作长时间的停留。因为这两个地区都赋予了他一种居住权，一种责任和看法——它们彼此是出发地，又互为终点。因此，当海子作为这两个地区的代言人，在判断的法庭上互相审查、挑剔、对质，寻找机会，抓住对方的每一个弱点和纰漏时是可以想象的。在两地他都是陌生人，一个乡村邮差，不断用身历其境的地貌、风土人情和人们以不同方式打发日子，听凭堕落、涣散的细节使双方受到刺激。他用两种方言进行周期性的拜访和嘲讽。他这样做，很容易使双方都陷入了尴尬和难言之苦而随时存心抛弃他，出卖他，以保地区和平"（《中间地带》）。 海子在昌平的生活是尴尬而寂寞的。缺少应有的交流使海子处于失落和孤寂之中，所以海子也曾设想离开昌平小城到北京市内找一份工作。孤独的海子将自己的理想几乎是全部放在诗歌写作上，当他将这种诗歌理想放置在日常的俗世生活甚至时代当中时，他就不可避免地受到了更大的伤害。海子有一次走进昌平的一家小饭馆，他对老板说希望允许当众朗诵自己的诗作，条件是换得一杯啤酒。显然海子首先看重的是自己的诗人身份和诗歌价值，但是酒馆老板却恰恰与之相反——老板说可以给酒喝，但条件是不能朗诵诗歌。俗世的力量再次证明了诗歌在日常生活中的乏力和不被认可的边缘状态。而当海子的诗歌理想就此一次次受挫的时候，加之一些诗人对他长诗写作的批评和不置可否，这对于海子而言意味着什么就可想而知了。

海子短暂的一生中只留下来三篇日记，分别写于1986年8月，1986年11月18日和1987年11月14日。

昌平的海子如此孤独，尽管这种孤独"不可言说"，但是海子还是悲伤莫名地把它写进了那首《在昌平的孤独》诗中："孤独是一只鱼筐/是鱼筐中的泉水/放在泉水中//孤独是泉水中睡着的鹿王/梦见的猎鹿人/就是那用鱼筐提水的人//以及其他的孤独/是柏木之舟中的两个儿子/和所有女儿，围着诗经桑麻沅湘木叶/在爱情中失败/他们是鱼筐中的火苗/沉到水底//拉到岸上还是一只鱼筐/孤独不可言说"。

在海子昌平住处的后面是一片树林，风声和不知名的虫鸟的叫声陪伴了海子的黄昏和夜晚。

当黄昏来临光线渐渐暗淡，这个喧闹的县城已经渐渐平静的时候，海子就会独自在这片树林中徘徊良久。北方的落日、飞鸟、旷野、远山，还有无止息的风，这一切是给海子带来了安慰和乐趣，还是增添了更多的苦恼和落寞？可能也只有海子自己知道。"我常常在黄昏时分，盘桓其中，得到无数昏暗的乐趣，寂寞的乐趣。有一队鸟，在那县城的屋顶上面，被阳光逼近，久久不忍离去。"（海子1986年8月的日记）是的，海子在这里梦想着村庄、麦地、草原、河流、少女和属于他自己的诗歌世界和"远方"的梦想。

从海子短暂一生的地理版图上我们可以看到除了他的故乡安庆和寄居地昌平之外，他游走最多的地方是四川、青海和西藏。

海子这位南方诗人在北方最终在生活上一无所有，而北方和他的南方故乡一起构成了他诗歌人生的两个起点。

海子死后，安庆怀宁高河镇查湾就成了中国诗歌地理版图上的一个越来越耀眼的坐标。

位于安徽西南部、长江下游北岸的安庆是文化名人辈出之地。安庆曾经是清代和民国时期安徽的省府，而它下属的桐城（现在是县级市）更是让人侧目。张廷玉、刘若宰、徐锡麟、吴越、桐城学派、陈独秀、朱光潜、张恨水以及20世纪80年代的海子都让安徽南部安庆这个长江边的一个三级城市获得了少有的荣光。由安庆沿江而下可抵达南京和上海，这似乎也印证了这个城市在地理和文化上的某种过渡性和重要性。如果网上搜索安庆，会出现两条与文学相关的信息："孔雀东南飞"的故事发生地，"面朝大海，春暖花开"作者海子的故乡。

燎原在修订再版的《海子评传》中是这样描述海子墓地的：

> 查湾村北这座山冈墓地，这座以柔和的弧线与村庄大地连接的平岗，当是海子诗歌中一个隐秘的核心，他观察世界、倾听天籁、感应生死的一个观象台。正是在这个松林台地上，他感应了落日夕阳镀上坟冢那抚慰灵魂的大安宁，看见了头顶宇宙河汉那些大星的熠熠烁烁，并谛听到了发自其间的密语。当然，他更是在那些个五谷丰登新粮入仓的空荡荡的秋夜，以对于大地特殊的敏感，注意到了黑夜不是渐渐地自天空向着大地覆盖笼罩，而是相反地——"黑夜从大地上升起"。

燎原在这段文字中频繁使用"大词"（"大安宁""大星""大地"）对海子的墓地进行了不无诗意的描述。我理解燎原对海子和海子墓地的敬畏与尊重，所以这些墓地四周的自然景色就具有了不无重要的文化色调和浓厚的象征意味。但是海子作为个体的死亡（排除其他的文化因素和一些人的想象成分）与其他的个体本质上并没有什么太大区别，而年轻生命的消殒给其父母家人留下的是难以弥合的悲痛甚至不解和抱怨。查湾的乡人对海子的死更多是不解，他们认为海子年纪轻轻就横死他乡是对父母最大的不孝。

在20世纪80年代的诗歌交游和"串联"中海子和其他诗人一样不断到外地与诗人交换诗作、谈论诗歌。

海子于1983年毕业后到政法大学校报工作，此时的海子开始与外省诗人联系。海子将自印的诗集和一封信寄给时在重庆西南农业大学任教的柏桦。柏桦随即给海子回信。然而极其遗憾的是海子生前与诗人、朋友及女友、家人的大量通信大体散佚。1989年1月初，柏桦出差到北京，联系上老木并通过老木结识了骆一禾和西川，唯独因为种种原因错过了与海子的见面。1989年冬天，柏桦写下纪念海子的诗《麦子：纪念海子》。

这一时期海子、骆一禾和西川等人都与南方诗人有着广泛而深入的交往。诗人万夏曾翻山越岭来昌平看望海子。而海子的四川之行不仅是与万夏、钟鸣、柏桦、欧阳江河、宋渠、宋炜、杨黎、尚仲敏等人的诗歌交流，还有深层的原因就是海子在四川有一位女友A。而据当时海子向宋渠问卦的情况，海子与A的情感肯定是没有结果的。而这次四川之行隐藏了不祥的征兆。当时的青年诗人尚仲敏发表在民刊《非非年鉴》（1988理论卷）上的文章《向自己学习》因为二元对立的意识（比如长诗与短诗、旧事物与新事物、朋友和敌人）而深深刺痛了海子。

有一位寻根的诗友从外省来，带来了很多这方面的消息：假如你要写诗，你就必须对这个民族负责，要紧紧抓住它的过去。你不能把诗写得太短，因为现在是呼唤史诗的时候了。诗歌一定要有玄学上的意义，否则就会愧对祖先的伟大回声……他从书包里掏出了一部一万多行的诗，我禁不住想起了《神曲》的作者但丁，尽管我知道在这种朋友面前是应当谦虚的，但我还是怀着一种惋惜的情感劝告他说：有一个但丁就足够了！在空泛、漫长的言辞后面，隐藏了一颗乏味和自囚的心灵。对旧事物的迷恋和复辟，对过往岁月的感伤，必然伴随着对新事物和今天的反动。我们现在还能够默默相对、各怀心思，但用不了多久，他就会成为我的敌人。

但是，此前的情形却是作为"非非"成员的尚仲敏曾邀海子吃饭并乘着酒兴大夸特夸海子的长诗，还称赞其为独一无二的诗人。这对海子而言自然是相当高兴的事情，所以他把尚仲敏视为知音。回到北京后海子还兴致勃勃地对骆一禾等人谈起尚仲敏并说我们在北京应该帮助这个年轻诗人。但是谁料几个月之后，尚仲敏却"改弦更张"在《非非年鉴》上发表了奚落和批判海子的这篇文章。这种落差给海子带来的伤害无疑是相当大的。海子1987年的四川之行可以说是喜忧参半。而通过宋渠、宋炜以及杨黎的零碎回忆我们可以看到当时海子对气功的痴迷。他在这里既遇到了谈得来的诗友也遇到了一些人不小的刺痛。欧阳江河、钟鸣等都对海子的抒情短诗予以了高度评价，海子也在钟鸣写于1987年的《红剑儿》中找到了知音。

当剑在它们的口语中比速度时/她的韧性在谁眼里，她炭火的/红衣，在她一跃时，就成了剑的/精粹和封喉之血，但谁眼里/有那暗地凝结的锋芒——//是恐惧，牺牲，还是正义的投身/在未损于她时已铸在了剑尖上/多恐怖的殉难者的膏腴和胸脯啊/我们舞到头也不及她狠心的一掷//她白得更刺眼/领略血的殷红更深/从以往的距离//我看到怯懦的攻击者/但她的骨殖在剑中另有一番空响/无法避免被引向人群中激烈的比画//我们的身段成了流星和光环/她秘密的五层网布下烈火的/巢穴和极度的寒冷/嬗变的身法像灰烬中的乌有//当我们轮番杀死只老虎/哪怕在很久很久以后/我们仍会听到锋刃里的啸声/它透过剑匣唤着，甚至要吃我们/直到那秋风愁煞的女人骑马而来/才像斩落大气人头似的斩落它//她就像那投身于斧薪的古稀剑客/突然从血和燧石里站起来/递给我们风快的刀和剑/她抽出身段发出凄厉的叫声

但是欧阳江河和钟鸣以及其他的四川诗人却对海子《太阳·七部书》里的"土地篇"等长诗抱有不置可否的态度。显然，海子对长诗所投注的热情和努力在南方的潮湿天气中被冷却、降温。海子在这种不无尴尬的氛围中一杯又一杯地喝着闷酒，"说了些什么，已记不得了。他一个劲喝闷酒，终于吐了一地。主人尽量消除他的尴尬，约好第二天再聊。等第二天我和江河去找他时，他已不辞而别。海子太纯粹了。难以应付诗歌以外的世俗生

活。听说，在'非非'和'整体主义'那里，他的长诗也遭到了批评"。（《旁观者》）海子长诗理想的碰壁使他再一次"铩羽而归"，而在海子为数不多的出游中他很多次都是和朋友们不辞而别。这多少说明了海子的个性，也更说明海子在日常生活中的不适感以及他过高的诗歌理想和预期。海子的好友骆一禾同样感受到了长诗写作在那个时代的不合时宜和难度，"农牧文明，在海王村落我最后的歌声是——当代的恐龙/你们正经历着绝代的史诗/在每一首旷古的史诗里/都有着一次消失或一次新生"。不仅如此，在北京诗人圈子中海子的长诗同样遭受冷落和批判，比如当时包括多多在内的"幸存者俱乐部"对其长诗的不认可态度。（1987年，唐晓渡、芒克、杨炼、多多、林莽、王家新、海子、西川、黑大春、雪迪、大仙等人在喝酒时成立"幸存者俱乐部"，当时参加者有三四十人之众。（1989年下半年"幸存者俱乐部"结束。）北京作协在西山召开诗歌创作会议上也对没有参会的海子搞"新浪漫主义"和"长诗"进行了批评。

1988年春，海子只身再赴四川。

再次回到昌平的海子感觉此次的四川之行还是无比落寞，尽管他在宋渠、宋炜那里再次感受到了兄弟般的温暖。海子曾经希望自己在1988年完成海南之行，而海子之所以最初选定去海南就是要完成自己诗歌的"太阳"之旅。因为在海子看来海南就是自己长诗所向往境界的一个文化象征，海子希望用自己的鲜血和灵魂投身其中，"在热带的景色里，我想继续完成我那包孕黑暗和光明的太阳。真的以全部的生命之火和青春之火投身于太阳的创造。以全身的血、土与灵魂来创造永恒而又常新的太阳。这就是我现在的日子。"（1987年11月14日日记）然而，海南并没有给海子以及他的诗歌理想以机会。

海子非正常死亡之后，山海关作为他的死亡之地也获得了罕见的文化象征意义。

骆一禾在1989年4月15日写给万夏的信中反复强调了海子的死在时间（海子生日、复活节）、方位（山海关）以及文学（海子携带的那四本书）上的重大象征性。而在朱大可看来，海子的死亡时间以及选择在山海关自杀无疑有着重大的文化地理学意义。这是一种"先知"和"抗争"的死亡，"令人惊讶的是，这消息首先蕴含在海子设定的死亡坐标上，也即蕴含于海子所选择的死亡地点和时间之中。他进入一座叫作秦皇岛的城市，或者说，进入一个最著名的极权主义者的领土，以面对他下令修造的羁押人民的墙垣——长城。山海关不仅是该城垣的地理起点，而且是它的逻辑起点：巨大的种族之门，正是从这里和由这个统治者加以闭合的。与空间坐标对应的是它的时间坐标。3月26日，乃是两个著名的浪漫主义先知辞世的时刻。1827年的贝多芬和1893年的惠特曼"（《先知之门》）。在多年之后的一列由北京出发经过山海关的火车上，四川诗人杨黎对另外一位青年诗人表达了对海子自杀的猜谜游戏式的解读，"火车正在穿过山海关。我懂了海子他为什么要在山海关自杀，而不是其他地方。比如不是山海关的前面，也不是山海关的后面。那么就前面一点，或者就后面一点点。都不行啊。海子只能在山海关自杀"（《灿烂》）。实际上，这等于杨黎什么都没有说。

在我看来，海子选择在山海关结束一生就是宿命——情感性的宿命。当年他和初恋女友在夏日北戴河度过了一段美妙的恋爱时光。在哪里开始，就在哪里结束。这就是海子。

从昌平到山海关标志着一个没有"远方"的诗歌时代已经降临。

火车的前方是什么

火车像一只苞米

剥开铁皮

里面是一排排座位

我想象搓掉饱满的苞米粒一样

把一排排座位上的人

从火车上脱离下来

剩下的火车

一节一节堆放在城郊

而我收获的这些人

多么零散地散落在

通往新城市的铁轨上

我该怎么把他们带回到田野

——刘川 《拯救火车》

身边那一张张修饰过度的脸

闪着城市的疲倦

保罗在书页里躺了多年

我从来没有勇气打开它

生活并不沉重，也没有

想象中那么轻松

让他静静地靠在绿皮座椅上

铁轨就会永远与他隔着不远不近的距离

——霍俊明《回乡途中读保罗·策兰》

多年来我一直反复问自己的是：火车的前方是什么呢？

而同时代诗人刘川的《拯救火车》更是充满了对城市化景观的反讽与绝望。

我的故乡在冀东平原上，那里有一条河流叫还乡河。从北京到东北三省的铁路距离我所在的村庄只有一公里。对于缓慢的20世纪70年代来说，那些绿皮火车代表了最为新奇和激动人心的憧憬。火车肯定能带乡村的孩子去最远最远的地方。

我那时经常和玩伴一起穿过田野、爬上高坡，在清晨或黄昏来到那个车站。那些少年看着过往的火车欢呼雀跃、蹦跳不止。但是，那些飞驰而过的火车带给我的童年和少年时代并非总是美好。正如我多年之后在一首诗里写到的那样："在深色的围栏上，绿色或红色的列车/正渐渐远去/多年前的我，下学后步行到两里外的车站/在草丛中认识了那些白色的餐盒，/还有迎风飞舞的浊黄尿液。"

那个叫田付庄的车站在年幼的我看来非常的高大壮观，而多年后它竟然显得那么矮小落寞、无人光顾。当多年之后高铁开通的时候，每次车过故乡我都会本能地去寻找那个曾经无比熟悉的车站和村庄，但几乎每次都是在飞速前进中它们奇迹般地被忽略而消失。

而我憧憬着坐火车的愿望直到1991年初夏才实现，那一年我16岁。第一次出门远行竟然是从那个车站和缓慢的绿皮火车开始的。那时我正学习绘画，准备考师范类的艺术特长生。接到考试通知的当天中午我骑着自行车回家，因为着急，浑身汗透。当时父亲正在浇麦地，白杨的叶片也才拇指大。父亲换了衣服，借了钱和我上路。一路上除了着急就是着急，因为考试就在明天。到了车站，候车室竟然人很少。拿到手里的车票是两个窄窄的硬纸板，无座。终于第一次踏上绿皮火车，那种新鲜感难以形容。那被我紧紧攥在手心的车票已经被汗水浸湿。火车上，给我印象最深的是一个女人。当时我和父亲站在过道上，一个中年肥胖的女人将脚踏在对面唯一的一个空位上。那一刻，我第一次出门的新奇、激动和幸福被那只恶心的脚丫子瞬间击垮了。我第一次有了乡下人的自卑感和愤怒。

记得90年代的火车速度非常慢，人满为患，车厢里的各种气味混合在一起。第一次从唐山坐火车去石家庄见初恋女朋友的时候，我和大学的另一个哥们儿是站了一夜熬到石家庄的。那种腰酸背痛、无地容身的感觉终生难忘。这种感觉甚至远远超过了我见初恋女友的种种甜蜜的想象。

此后很多年，我几乎一直是在路上，与一辆辆火车相遇，又看着它们一次次离我而去。

在火车上不免发生很多的故事。看到过有人醉酒中打架，一啤酒瓶子下去，对方的脑袋立刻鲜血四溅。看到过有人垫张报纸躺在座椅下面还悠然自得地听着收音机。看到过那些背着蛇皮袋狠狠吸着劣质烟的农民工。看到过那些聚在一起打扑克的人，也看到过那些把瓜子皮扔得满地都是肥肉横生的中年妇女。印象最深的是春节回家，眼看着车快开了，还有很多人挤在车门口。一个姑娘情急之下从车窗爬了进来，因为太过于着急的缘故她的手腕被划坏了。那年冬天我一直记得那些细密的血珠的气息。曾经记得朱自清的日记里提到过很多他路上偶然遇到的漂亮的女子。这是人之常情。从我20多岁开始，我几乎一直往返于丰润和石家庄之间。那时坐火车需要去唐山市里。只是记得那时唐山和石家庄火车站的广场到处都是年轻的女孩子。她们要做的就是把你拉到那些车站附近廉价的旅馆当中去。那时面对她们，我不仅避而远之而且还蔑视有加。但是有一次，我对她们的印象稍有改观。那是一个夜晚，紧赶慢赶到唐山站的时候却没有买到去石家庄的车票，只能在车站旅店住了下来。我记得那是一个小小的院落，里面的房间用薄薄的木板隔开。不知道是什么时间我被一男一女的谈话给弄醒了。那个女的对老板说她今天只接了一个客人，钱都不够用来买菜。那时，我只能无语。我至今记得两次对车上女人的印象。夏天，一个女孩坐在我对面。也许是出汗的缘故，也许是她穿的的确良（这种衣料现在应该没有了，很薄，很透的那种）的缘故，她肉色的腰部和腹部一直在我面前晃来晃去。我又没有理由去回避，在头转向车窗和别处不久我又会与她的身体相遇。可能年轻的力比多太过剩了。还有一次是从北京转车。在半夜时分中途上来一个非常丰满的三十岁左右的东北女人，她挨着我坐下来。很快她就趴在那里睡着了。我也有些昏昏然。当我也小心翼翼地趴在桌板上的时候，我看到了她异常丰满鼓胀的白色乳房。那一刻再也睡不着了。那是冬天，却浑身发热。注意，那时的火车没有暖气和空调啊。

此后很多年，我写过很多关于火车的诗歌，《第一次知道平原如此平坦》《绿色的普通快车》《绿色的护栏》《带着大葱上北京》《与老母乘动车返乡》《回乡途中读保罗·策兰》等。在火车不断提速的时候，故乡却离我越来越远了。城市正在将我的乡土远远地抛在后面并迅速掩埋。故乡从来没有如此安静、落寞和低矮，"第一次知道 平原如此平坦/刚生长的玉米也并未增加他的高度 / '动车加速向前，平原加速向后'/远处的燕山并不高大/白色的墓碑在车窗外闪现"。

近年来乘坐高铁和火车去过很多地方，包括江南、西南和塞北。那些曾经美好的文学记忆和想象是如此轻而易举地实现，那些文学史上的地名一次次在我的现实里现身。但是，如此快的速度和生活，却让我没有一刻安闲的心来看看这些物旧人非的地方，没有一个安静的时刻面对那些永远稳坐的青山和不息的流水。当我2011年夏天从台湾回来的时候，母亲已经在北京住了几个月了。她对老家的想念可想而知。那天我和母亲一起去北京站，出地铁的时候母亲不敢坐电梯，我陪着她一步一步地走台阶。我听到了她沉重的喘息，那个细小的声音远远地超出了车轮和铁轨摩擦的刺音。终于上了"和谐号"列车，母亲很快睡着了。那一刻车窗外的一切都不存在了。我和母亲正在回故乡的路上，而留在那一刻的是母亲那些更加深的皱纹。我从来不敢看母亲的皱纹，因为那些岁月的刀斧正在斫砍我并不轻松的中年时光。

记得很多年前，晚上我都是伴随着不远处的火车声入睡的。可最近几年我却听不到了。是回故乡的时候越来越少了，还是火车的声音越来越轻了？

我仍然在追问自己的是——火车的前方是什么呢？除了远方，还是远方？

寂静的阴影、羞耻与陌生人

我从乡愁中获利

或许我也是一个罪人

——雷平阳

在北京车声轰鸣的寒冷初春，我终于读完了梁鸿厚厚的《出梁庄记》。显然，梁鸿的《中国在梁庄》和《出梁庄记》以及《历史与我的瞬间》已经成为重新考察中国的一个深深切口。当2015年夏天在台北的诚品书店看到人间出版社出版《中国在梁庄》的时候我毫不犹豫地买了下来。因为，这更多是一种乡愁的纪念，我也成了一个陌生人。

如果你做好了重新认识自己和故土的勇气和准备，那么在这个沉暗的切口面前你要做好迎接寒冷和惊悸的准备。我们必须承认梁鸿的文字里的"梁庄"在这个时代的分量。这种分量不在于像其他流行的"非虚构写作"一样只是提供了泪水、苦难、伤痛的伦理学印记，而是更为重要地为每一个人重新审视自己以及看似熟悉的"现实"和"乡愁"提供了一次陌生的机会。我想起雷平阳在一首诗里所说的那句话——我从乡愁中获利，或许我也是一个罪人。

作为和梁鸿的同时代人且有着共同乡村生活的我而言，我看到了一个个巨大的阴影。而在这个无比喧嚣的城市化和城镇化时代，这些阴影是寂静和沉默的——它们没有发声和呼号的机会与权利。梁鸿为我们在中国的版图上寻找到了那些"失踪"的"人民"和"祖国"的"陌生人"。我们没必要把梁鸿的《出梁庄记》和《出埃及记》放在一起比量，因为对于中国以及那些知识分子和普通人而言，我们所面临的精神境遇的困窘状态并不比任何一个民族的任何一个时代要轻松。诚如宇文所安所说的"好的文章创造了一个地方"，而梁鸿则"创造"了一个"梁庄"和"中国的乡愁"。这是一个在城市化时代寻找乡村溃败根系和微弱脉搏的知识分子。

在写这篇文字的时候我接到两条手机新闻，吊诡的是它们都与河南有关。一则是4月18日河南淮滨作为国家级贫困县在违背农民意愿的情况下数千亩耕地被县政府以低廉的价格强行征走。该项目旨在建造"走读淮河"，占地约5000亩，水面面积1700亩。保护庄稼的农民今日遭到政府有关部门人员的围殴，受伤的受伤，被抓的被抓。土地补偿款打进银行卡里，但这不是他们想要的，他们只想保护自己的耕地。另一条是4月19日：偃师市山化镇东屯村大量死亡猪狗等家畜。据统计死亡猪410头，狗122条。当地村民怀疑此次大面积家畜死亡与附近工厂排放出来的奇怪气体有关。而更吸引人眼球的则是河南漯河市召陵区召陵镇归村的一只长了三个鼻子的小猪，当地人也怀疑与污染有关。

而这只是我们每天司空见惯的"新闻"，那些更为重要的黑暗和粉尘中的陌生地带却正在等待着我们。

更为令人震撼和惊悸的是，作为一个已经可以归入"公共知识分子"行列的梁鸿对自己精神甚至灵魂的解剖和自省。这反拨了新世纪以来那些在冠冕堂皇的会议上夸夸其谈的所谓知识分子以及那些以"异见"面目出现的人士以流放和悲痛换取社会认同和文化资本的廉价趋向。尽管我们在美国人海斯勒的《寻路中国》和《江城》《奇石》那里也获得了认识中国的另外一个途径，但是作为一个"旁观者"，海斯勒不可能有梁鸿这样的本土性和中国化的清醒、自省与追问甚至忏悔与救赎意识。梁鸿既是乡村的亲历者，又不幸地成为了时代漩涡的"凝视者"。这让我想到的是凡·高笔下的那只破烂不已沾满泥泞的农鞋——这必然也是来自于长久地对农民和乡土的凝视状态——"从鞋具磨损的内部那黑洞洞的敞口中，凝聚着劳动步履的艰辛。这硬邦邦、沉甸甸的破旧农鞋里，聚积着那寒风料峭中迈动在一望无际的永远单调的田垄上的步履的坚韧和滞缓。鞋皮上粘着湿润而肥沃的泥土。暮色降临，这双鞋底孤零零地在田野小径上踽踽独行。在这鞋具里，回响着大地无声的召唤，显耀着大地对成熟的谷物的宁静的馈赠，表征着大地在冬闲的荒芜田野是朦胧的冬冥。这双器具浸透着对面包的稳靠性的无怨无艾的焦虑，以及那战胜了贫困的无言的喜悦，隐含着分娩阵痛时的哆嗦，死亡逼近时的颤栗"（海德格尔）。

梁鸿也坦陈自己每一次从城市出发前往那些梁庄子弟打工之地的疲倦、惶恐和拖沓的心理，因为在她和那些西安、新疆、内蒙古、北京、深圳的那些城中村的"中间地带"的出走"梁庄"的"故乡人"之间，横亘着一条庞大、高耸、阴森的、不可见的围墙。梁鸿甚至为此而羞愧，甚至发现自己居然有了一颗"羞耻"之心。

《出梁庄记》是从2011年夏季暴涨的湍水开始写作的，而"一条河流"在梁鸿这里足以是不安的"乡村史"的精神性表征，这也是存在性的时间观照。而"乡愁"的产生和作为"发现者"的痛苦、荒诞显然是来自于梁鸿对"乡土""历史"和"时间"以及"当下"的凝视状态。正是这种"凝视"和"幻想"状态使得梁鸿持有了"羞耻"的诗学和对"惯见"予以反驳和怀疑的精神趋向。

2012年7月21日，北京。几年后这场六十余年不遇的罕见暴雨并未散去！那突如其来的暴雨甚至超出了我们对日常生活与庞大现实的想象极限。而在秩序、规则和限围面前，我们却一次次无力地垂下右手。在我看来，新世纪以来的中国知识分子面对强大而难解的社会现实所相对的却是空前的难以置喙和无力。这可能会引起人们的不解。我们不是有那么多与社会现实联系密切的文学吗？是的，由这些文本我们会联想到那些震撼和噩梦般的现实，但是与现实相关的文学就一定是言之凿凿的事实呈现吗？面对"糟糕"的现实我们很容易因为不满而在不自觉中充当了愤青的角色——"我还记得八月中旬，临行前和朋友们坐在北京世贸天阶，谈论着中国现实的种种，一种空前的庸俗感，让我们倍感窒息"，"我厌恶那无处不在的中国现实，是因为它们机械地重复、毫无个性……它们一方面无序和喧闹，另一方面又连结成一个强大的秩序"（许知远）。而我想说的则是我们对"现实"除了"厌恶"和"不满"之外是否还需要更多其他的声音——尤其是"异质"的声音？

中国晚近时期的乡村史、命运史和波诡云谲的时代景观一起冲撞着微不足道的个体命运。一定程度上我们所缺少和应该坚持的正是一种"羞耻的诗学"，只有如此方能对抗虚荣、权力、浮躁和假象。面对愈益纷繁甚至陌生的中国现实，众多的阅读者和研究者显然并未从田野考察的角度，以历史谱系学的方法关注普通人令人唏嘘感叹命运遭际背后更为复杂的根源、背景、动因、策略和文化意义。正如诗人所说："我们可以像谈论革命那样／谈谈性交吗？"然而吊诡的是到了今天这种疑问在我看来已经转换为"我们可以像谈谈性交那样谈论革命吗？"时代正如一条滚滚向前的河流，它的终点尽管还远未可知，但是它流淌过程中所携带的各种复杂地形所带来的信息、变化、形态显然足以值得关注。

梁庄以及由此延展开的一个个空间所构成的正是乡土的"身体诗学"和地方性知识。当年的保罗·克鲁曾在游记《骑着铁公鸡——坐火车穿越中国》中描述了从广州、上海到哈尔滨、新疆的"南北"见闻。当梁鸿在梁庄的暴雨和大水中"出走"和"寻访"的时候，她是否已经想到她将在一个看似熟悉的"现实"景观中与那一个个阴影静默处的"故乡的陌生人"相遇？而多年来随着不断的出游和对地理版图上中国城市和乡村的认识，我对"地方性知识"越来越发生兴趣。我不断想起美国自白派诗人伊丽莎白·毕晓普在其诗歌《旅行的问题》中这样的诗句："陆地、城市、乡村、社会／选择从来不宽也不自由。"然而在特殊的年代里，这些地方和公共空间甚至会成为社会灾难与政治灾难的见证，"从高处望着这些鳞次栉比的宫殿、纪念碑、房屋、工棚，人们不免会感到它们注定要经历一次或数次劫难，气候的劫难或是社会的劫难。我几个小时几个小时地站在富尔维埃看里昂的景色，在德·拉·加尔德圣母院看马赛的景色，在圣心广场看巴黎的景色。在这些高处感受最深切的是一种恐惧。那蜂拥一团的人类太可怕了"。而对于当代中国而言，政治年代和消费年代里的空间、建筑和那些成群结队的人们无不体现了一种伦理功能。当梁鸿在高速路、国道和土路上寻找，当她在城中村和那些盲肠地带一样的空间里寻找一个个极其普通的"贱民"时，她只能带着"发现"和"羞耻"之心面对那么多不为更多人所知的"地方"与"景观"。梁鸿不得不在车站、道路、广场、街道、"握手楼"、工厂、城中村寻找那些被时代巨大烟尘掩埋的人们。而空间、地方、地域、场域、地景等词一旦与文学和文化相关，那么这些空间就不再是客观和"均质"的，而必然表现出一个时期特有的征候，甚至带有不可避免的意识形态性。昂希·列斐伏尔就此提出"空间的意识形态"。而我们今天看到的城市更像是一个巨大的机器。这不能不使人想到亚当·斯密的《国富论》以及卓别林和他的《摩登时代》。城市和机器使人在短暂的神经兴奋和官能膨胀之后处于长时期的迷茫、麻木、愚昧而不自知的境地。

梁鸿在《中国在梁庄》《出梁庄记》《历史与我的瞬间》中让我们注意那些"异乡人"身体的扭曲状态，因为这些身体是在一个个社会公共空间里被时代和历史塑造出来的。正如德国女神学家伊丽莎白·温德尔所说的"身体不是功能器官，既非性欲亦非博爱之欲，而是每个人成人的位置。在这个位置上，身体的自我与自己相遇,这相遇有快感、爱,也有脾气。在这个位置上,人们互相被唤入生活。……身体不是一个永恒精神的易逝的、在死的躯壳,而是我们由之为起点去思考的空间。……一切认识都是以身体为中介的认识。一旦思想充满感性并由此富有感觉,就会变得具体并对被拔高的抽象有批判性。……我们需要一种新的思想系统"。甚至在列斐伏尔看来,空间的生产是从身体的生产开始的。灵魂和"现实"正是在"身体地理学"这种特殊的人生体验和场域中不断融合或者盘诘与交锋。这一时代的人们显然患上了集体恐惧症和胆怯的心理。梁鸿所特有的乡村经历、情感体验、思考方式和观察角度使得她在集体性的城市化时代面前更多地承担起理想主义和怀疑主义的双重角色。这就使得她发现和凝视着那些寂静处的时代阴影,对日常的"惯见"她保持了持续的"不满"甚至"反动"。我们这个时代的不安、孤独、痛苦和无根的彷徨不纯然是我们在成长过程中离开"出生地"而再也不能真正返回的结果,而在于"地方性知识"丧失过程中我们无以归依的命运。尽管我们从未曾放弃在现实和回忆中寻找地理版图上我们的基因和血脉,寻找我们已经失去的文化童年期的摇篮和堡垒。这使我想到2011年我在台湾最南部的屏东讲学时读到的一本书——《我在我不在的地方》。"我在我不在的地方"所揭开的是多么吊诡的命运! 我们难道都成了"土地的陌生人"?

我们必将是痛苦的,我们可能必将惨败。既然20世纪30年代的美国人都在痛苦地经受"失根"和"离乡"的过程,那么现在中国这个在东方现代化路上狂奔的国度又怎能幸免于一体化的寓言或者悲剧?

更为重要和难得的恰恰是梁鸿在质疑之外的自省立场。一定程度上梁鸿同时打开了时代和自己骤然寒冷的冰库，每一个读者都会和她一起在迎面撞击过来的寒冷中颤抖和周身寒噤。当城市文明以无限加速度野蛮推进的时候，包括梁鸿在内的人们不能不面对一个严酷时代的黄昏和即将到来的沉沉暗夜。在知识分子的良知和真切的时代体验面前，对于这个渐近疯狂的钢铁和玻璃幕墙的世界，隐秘的历史、阴影里的现实和沉沦的良知都可能成为时代的困境和精神难题。

一种"羞耻"的诗学应该诞生了！

在此意义上梁鸿成了"乡愁的孩子"。这种建立于个体主体性和真切言说基础上的历史想象力和求真意志在最大程度上打开了社会的多层次空间视域，将时代迷津中消逝的和正在消逝的乡村、土地、人性、家族、伦理事物强行拉到我们面前。简单的肯定和否定都只是少年心态和青春期写作的表征，而梁鸿却在"中年"式的在肯定、犹疑、前进、折回之间展开的辩驳和诘问方式。但最终梁鸿不得不意识到这是无法抵达的"重返"，是一次次"异乡"重临的循环往复。

梁鸿的《中国在梁庄》和《出梁庄记》有一种特殊的紧张、分裂、尴尬、失语、无力、虚无和不协调感。奥德修斯的移动悬崖并不只是在异国和神话里，而是实实在在地在当下中国发生——无时无刻的城市化魅惑之声。

这是一个在同一化时代寻找精神褶皱和深埋于城市之下的思想块茎的挖掘者。她在机车轰鸣的现场去倾听那一个异乡城市里不宁的心跳声，她也同时有着强烈而无奈的倾诉欲望。救赎的情怀、盘诘的姿态、无语的失落、独语的彷徨都无时无刻不缠绕着她以及她的勘察与写作。正是这种不协调、不纯粹的话语方式增加了这个时代阅读的疼痛感、荒诞性。她将激情与沉思、感性与知性、火焰与灰烬、喧嚣与沉寂、分裂与融合、独白与对话、盘诘与磋商、抗争与妥协如此不可思议又满是戏剧性地共时性呈现出来。

一百多年前英国人梅恩在外白渡桥上看到的是轿子、马车和人力车，而今天呢？进入到21世纪似乎所有的"地方"都成了城市，同一化的城市推倒了历史格局。而北京、深圳、西安甚至内蒙古都已经成为了中国的"巴黎"和欲望之城，这些城市都因为移民特征而带有暧昧的混血味道。一种巨大的排斥和吸引力相夹杂的空间使得那些"外乡人"处于巨大的离心力中。他们无时不在选择，无时不在学会忍受，然而最终又不得不放弃。

在《出梁庄记》中，梁鸿所拍摄的那些照片和影像显影出一条强大无比而又无形的"柏林墙"——这是真实性所在，也是真实性的语言限度。以梁庄大桥为界，村里的人都是老人、女人和孩子，而以此为原点延伸出去的几百里甚至几千里外的"梁庄人"则更多的是中青年男子。那个刺痛了梁鸿的乡下年轻人也深深刺痛了我！那种不信任、愤怒、羞耻甚至回避的轻率让我们感觉到精神和写作在这个时代是如此地虚弱不安。当年的朦胧诗人顾城关于北京曾写过一组极其诡异和分裂的诗《鬼进城》："他们一路灯影朦朦/鬼不说话 一路吹风/站上写 吃草 脸发青？/一阵风吹得雾气翻滚？"而我们今天看到的城市要比当年给顾城带来的鬼魅感受更为让人不解与震惊！它使人短暂地神经兴奋、官能膨胀之后处于长时期的迷茫而不自知的境地。而无论是南方还是北方，也似乎都成了商业时代导游图上的利益坐标和文化资本的道具性噱头。悖论的是尽管我们好像每天都与各自的城市相遇并耳鬓厮磨，但是在精神层面我们却和它若即若离甚至完全背离。城市时代我们都成了失去"故园"的弃儿。而在城市里生活的人们一面接受生活的乏味和苦难，一面又似乎对一切丧失了耐心和信心。一种空虚、孤独和无奈正在成为当下的精神主调。

宇文所安把作为家宅的私人空间看作是自我封闭又不受公共世界干扰的"私人天地"，"所谓的'私人天地'，是指一系列物、经验以及活动，它们属于一个独立于社会天地的主体，无论那个社会天地是国家还是家庭"（《机智与私人生活》）。然而以"梁庄"为代表的那些离乡在外的人已经丧失了故乡的家宅，这种丧失不仅是现实生存层面的，更是精神上甚至是征候意义上的。在这个层面上而言，不是一个地方塑造了一个作家，而是一个作家塑造了一个地方。而对于当下的城市中国而言，要企图重塑一个关于乡土的"地方"，你必须接受那个巨大的坍塌的声音以及形同地震般的战栗。

地方空间的缩减、文化乡愁和精神的异乡体验已经成为新一轮的时代病。能够深处这种时代病症之中予以发声已经实属艰难，而能够在痛苦而艰难地发声的同时，从自身立场、叙述姿态、修辞和想象力的视角，对乡土空间场域给予以不留情面地痛彻反省和自我盘诘的声音更是难上加难。梁鸿却恰恰做到了这一点，"在反复修改的过程中，有那么一刹那，我突然意识到我在刻意模仿鲁迅的语调，那样一种遥远的、略带深情但又有着些微怜悯的，好像在描写一个古老的、固化的灵魂一样的腔调。我心中一阵惊慌，有陷入某种危机的感觉"（《中国在梁庄》台湾人间版）。是的，这个年代不乏优秀的学者，但是罕有重要的自省的知识分子。

我们已经痛苦地发现诗学地理版图的不断缩减和不断同一化，我们成了不折不扣的"异乡人"，"等到你到达山顶或小路拐弯处，你会不会发现人已不在了，景色也变了，铁杉树被砍倒了，原来是树林的地方只剩下残桩，枯干的树梢、树枝和木柴？或者，如果家乡没变，你会不会发现你自己大为改变，失去了根，以致你的家乡拒绝你回去，拒绝让你参加家乡的共同生活？"（《流放者归来》）我还记得几年前，在梁鸿工作的中国青年政治学院讲完诗歌的时候，一个中文系的女生从教室里跑出来追上我们。她在因为她所刚刚接触的诗歌的历史和诗人的死亡而不停流泪，我感到手足无措。在她低声的嗫嚅里我终于听清楚了"90后"等更为年轻的一代人的感受——太麻木、太虚弱又太想拥有这个光芒不再的北京！

"病人" "陌生人" 或 "赞美诗"

如果我只是旅人

就不会在

油菜花开的季节想起死亡

这是大地辉煌的时刻

沉浸在柔情蜜意中的女神

下雨一样从天空倾倒黄金

我是从这土地上长出来的人

知道芳香的花甸下

隐藏着多少潮湿的尸骨

我认识其中的一些人

知道他们简单的一生

这是中国人祭奠死者的季节

我每年都会回到故乡

携带锡箔和黄纸做的元宝

穿过油菜花丛

身上落满花粉

香喷喷的来到坟前

其实死者早已不在坟中

融为泥土或者转世重生

但我依然每年都来

与其是在祭奠死者

不如说是来看望死亡本身

————沈浩波《清明悼亡书》

2004年5月，沈浩波与巫昂考察完河南的文楼村之后写下后来影响甚巨的组诗《文楼村纪事》。这组诗甚至被指认为沈浩波从"下半身"的"改邪归正"。我对诗歌界这样的理解和解读方式感到羞耻。

河南省上蔡县文楼村从表面上看是一个普普通通的村庄，但就是这个村子有六七百个艾滋病病毒感染者登记在册。也就是说村里的3000多口人中每6个村民中就有一个人感染了艾滋病病毒，而现在的文楼村正处在艾滋病高发期。这是一个死亡的乡村，"金山领我们/去看祖坟前的大石碑//石碑是早几年竖的/刻满了程氏宗族/最近5代子孙的名字//我们让金山/在所有患病的名字上画个圈//金山说/这个容易/上面的太老，下面的太小/10年前，都没卖血//一边念着/一边拿粉笔/在中间那一堆名字上画圈……他念出了自己的名字/一手撑着石碑/一手笨拙地/在上面画了个白圈//他没有停留/他接着画//那时清明未到/麦苗青青/一丛丛新坟/簇拥着祖坟"（《程金山画圈》）。一个贫穷、落后的文楼村和村民却是因为卖血染上艾滋病病毒而出了名，这不能不说是当下时代的一个巨大的讽刺。文楼村如一根强大的骨刺穿痛着千疮百孔的时代身躯，而文楼村在沈浩波的组诗中无疑成了现实和历史的一个强大的隐喻。

在一个居心叵测的时代，我看到了一个诗人的内心和某种挣扎。在一个精神普遍疲软的年代，却没有什么力量能够让这位叫沈浩波的诗人保持沉默。

在组诗《文楼村纪事》中我们会发现令人毛骨悚然的场景，村里死去的、没死的、即将死去的草芥一般的名字在时代洪流中只能是一个个最终被忽略的渺小而空洞的符号。一个个同样真实的生命就在贫穷、绝症中经历浩劫。当沈浩波在诗歌中呈现出这个巨大的、黑暗的、阵痛的、充满死亡气息和荒谬蔓延的乡村图景时，他就证明了诗歌不只是一门单纯的手艺和修辞的练习，而是在时代的大火中精神的淬炼过程。当后韩村村民为了争得一点权利不得不使出"河南人"特有的聪明、狡黠让几个老妪站在队伍最前面去向县政府请愿时，我们看到了生存的底线和无望的挣扎。诗人对现实的批判、草民命运的省思和普遍性的人性问题的棒喝来得没有半点含糊。这就是真正的诗歌的现实感和历史感，而不是对现实场景的简单比附和描摹。正如沈浩波在《诗人能够直面时代？》中所提出的："今天的时代，是一个浩浩荡荡的时代，一个迅速摧毁一切又建立一切的时代，是一个如同开疯了的火车般的时代，是一个疯狂的肆虐着所有人内心的时代，是一个令人瞠目结舌气喘吁吁的时代。这么大的时代，这么强烈的时代，我们的诗人却集体噤口了，到底是不屑还是无能？"

说到对沈浩波的印象，我首先想到的是2007年1月作为评委去内蒙古边陲额尔古纳参加第二届"明天·额尔古纳诗歌奖"颁奖的情形。当北京灰蒙蒙的冬日烟尘被转换为额尔古纳广阔的草原和莽莽的白桦林时，我几乎是以近乎狂醉的心情呼吸着这里的一切。海拉尔车站广场，零下二十几度的天气，我在斯琴格日勒、韩红和凤凰传奇的歌声中不停地在雪地上来回走动，好祛除周身的寒气。在去额尔古纳的路上，雪原、白桦、牛群和蓝得让人生疑的天空以及美丽的蒙古族姑娘让我感受到诗歌带给我的快乐。临近半夜，我和江非因为劳累几已进入梦乡，但是曹五木和沈浩波、小引喝酒回来了。显然是喝高了，曹五木一进门就直奔床铺而去，他将整个床都压了下去。他不断大嗓门地打电话，接电话，来回在房间里折腾。后来他不说话了，但是呼噜声惊天动地。我睡不着，江非靠在床上点上一支又一支烟，黑暗中淡红的烟头闪闪烁烁……第二天早上吃饭的时候，李亚伟在饭桌上大发牢骚，痛骂昨天晚上两个不好好睡觉的家伙"像野驴"似的在房顶上折腾。深夜赶来的沈浩波给我的印象可能和大多数人一样"不容乐观"，正如沈浩波在《自画像》中所自我描述的："又圆又秃/是我大好的头颅/泛着青光/中间是锥状的隆起/仿佛不毛的荒原上/拱起一块穷山恶岭/外界所传闻的/我那狰狞的面目/多半是缘于此处/绕过大片的额头/（我老婆说我/额头占地太多/用排版的专业术语/这叫留白太大）你将会看到/伊沙所说的/斗鸡似的两道眉毛/它使我的脸部/呈现斗鸡的形状/是不是也使我/拥有了一只斗鸡般的命运/十年之前/人们说我'尖嘴猴腮'/而现在/却已经是'肥头大耳'了/一只肥硕而多油的鼻头/彻底摧毁了我少年时/拥有一副俊朗容颜的梦想。"额尔古纳给我留下了难以磨灭的印象，不只是这块干净、纯粹、阔大得叫人想下跪的美妙神圣之地给我的震撼，更在于江非、沈浩波等一些同时代诗人朋友的出现让我热度满怀。沈浩波，时而大大咧咧又时而冷静细心，他对诗歌写作怀有"鬼胎"和"野心"。在额尔古纳，他全副武装的里三层外三层的装束以及那双巨大厚实的皮靴印证了雪原的寒冷，而他的大皮靴和泛着青光的脑袋也不能不让我感受到了诗人们的天生异相。我还记得在大兴安岭，当时我和一行人正穿越山林走下山的路上。沈浩波一时兴起对着一棵白桦树就是一脚，嘴里还嘟囔骂着什么，树上的雪簌簌飘落下来……2012年秋天我和沈浩波在云南高原再次相遇。当我们在暴风雨中走在黑漆漆的蒙自铁路隧道里，他拿着几乎没有什么光亮的手电不停模仿着舞台剧演员的声音——"你们要去哪里？""你们要去哪里？"

　　2015年春天，在首都机场某书店最显眼的位置我看到两本书——余华的杂文随笔集《我们生活在巨大的差距里》和余秀华的诗集《月光落在左手上》。

　　按照相关数据统计以及我的观感，像机场这样公共空间里的书店是最能印证一本书的畅销程度的。2011年春天的台湾屏东，我在书店里读到麦田版余华的《十个词汇里的中国》。这本书当时在台湾正热销，而繁体字版与大陆的简体字版本在内容上是有些差异的。这或许也是这本书在海峡对岸畅销的一个重要原因。2015年夏天，我在台北诚品书店里看到摆放在最显眼位置的印刻版精装本的余秀华的两部诗集。而余华的小说甚至杂文集畅销是预料之中的事，但是余秀华的一本诗集能够畅销且程度超出我们的想象就是最大的意外了。这种畅销的程度和热度甚至超越了海子、余华等作家。百度搜索，余华的链接数量是110万，而余秀华《穿越大半个中国去睡你》的链接数远远超过余华。畅销和点击率，是评价一个作家的怎样的阅读尺度和标准呢？

当我拿起余华的《我们生活在巨大的差距里》去收银台结账，那个穿着黑色西装个子高挑的女收银员对我说她特别喜欢这本书的封面。在她洁白姣好的面孔下，她也有着因为生活差距而带来的痛苦吗？或者说她也有自己的不满吗？这本书的封面设计成意味深长且态度鲜明的被撕裂的现实与写作之间的对应关系。封面中间从上而下是撕裂的锯齿状条纹，左侧上方是彩色的灯红酒绿的城市高楼，左侧下方是遗照式的黑白颜色被拆毁殆尽的乡村，右侧则是红白黑相间的出版商设计的噱头式的文字——"当社会面目全非，当梦想失去平衡，我们还能认识自己吗？"

原来，苦难也可以冠冕堂皇地被消费。

那么，从余华到余秀华，我们看到的是怎样的"文学现实"与"社会现实"？我想到的则是布罗茨基的一段话："并非每个诗人都能在一件艺术作品中赋予这些真实事物的存在以必不可少的真实感。诗人也有可能使这些真实事物变得不真实。"余华说中国人都是"病人"，没有一个在心理上是完全健康的，而我还没有给出我的答案。

更多的时候我们已经不再关注文本和文学自身，而恰恰是文本和文学之外的身份、阶层、现实经验和大众的阅读驱动机制以及消费驱动、鼠标伦理、眼球经济、粉丝崇拜、搜奇猎怪、新闻效应、舆论法则、处世哲学、伦理道德、"发表政治"等在时时发挥效力——这种效力在自媒体空间的作用是有目共睹的，甚至达到了令人瞠目的地步。尤其余秀华更是移动自媒体时代的一个短暂的标志性事件。（能够长久吗？）我想到诗人北岛对此的一段话："某些作家和学者不再引导读者，而是不断降低写作标准，以迎合更多的读者。这是一种恶性循环，导致我们的文化（包括娱乐文化在内）不断粗鄙化、泡沫化。在我看来，'粉丝现象'基本上相当于小邪教，充满煽动与蛊惑色彩。教主（作者）骗钱骗色，教徒（粉丝）得到不同程度的自我心理安慰。"（北岛：《三个层面看生活与伟大作品之间"古老的敌意"》）尽管北岛对粉丝文化的观感不一定完全准确，但肯定是击中了一部分要害所在。可是，面对着娱乐和消费法则，我们每个人都似乎身处其中而难以自拔。

在今年五一劳动节期间，中央电视台新闻联播五一特辑《工人诗篇》每天滚动播出。当看到铁岭发电公司热控专业检修工邹彩琴在摄影机前朗诵自己写给女儿和丈夫的诗，看着她一次次泪眼婆娑，我也心头一紧，不能不为之感动。那么是什么感动了我们？或许，感动我们的更多还不是来自于这些工人的诗歌本身，而是我们看到了这个时代一些阶层和群体生存的艰辛与苦痛——正所谓同病相怜吧。

余华和我都住在北三环附近，每天面对的都是烟尘滚滚的车流、鼎沸的噪音和重重雾霾的"眷顾"，"这幢大楼耸立在北京嘈杂的北三环旁，以往的日子里，我家临靠北三环两个房间的双层窗户，长期紧闭，以防噪音的入侵"。是的，我们都想在城市喧闹中寻求安静，在某一刻看到那些日常但不为更多人所知晓的"现实"。但是在一个新闻化炸裂的现实生活面前，我们该如何发现"现实"已经变得愈益艰难。

很多年前，余华在南方小城是通过照相馆里的天安门画像背景来认识世界的，多年后他真实地站在天安门前的那张照片被国内外刊物和媒体广泛使用。而今天人们更多是通过国家公路、高速路、铁轨、飞机舷窗和手机以及电脑屏幕来认识现实和"远方"。我想追问的是，在一个去地方化的时代我们还有真正意义上的"远方"吗？余华在《我们生活在巨大的差距里》表达了他的痛苦、不解和愤怒。我理解余华的初衷，但是我也相信有很多更真实地目睹和遭遇了各种现实的人并没有机会或急于说出更为震撼人心的部分。不幸的是很多作家充当了布罗姆所批评的业余的政治家、半吊子社会学家、不胜任的人类学家、平庸的哲学家以及武断的文化史家的角色。很多现实题材的写作用社会学僭越文学，伦理超越美学。实际上余华也是在诉说精神的"乡愁"。而在一个忙着拆迁的城市化时代，一个个乡村不仅被连根拔起，而且一同被斩草除根的还有乡土之上的伦理、文化、传统和农耕的情感依托——这样说并不意味着城市和乡村哪一个更好或更差——而重要的是心理感受和精神落差。是的，几乎每个人都身不由己地生活在这种伦理批判之中。我想到当年莫言同样的遭际："我母亲生于1922年，卒于1994年。她的骨灰埋葬在村庄东边的桃园里。去年，一条铁路要从那儿穿过，我们不得不将她的坟墓迁移到距离村子更远的地方。掘开坟墓后，我们看到，棺木已经腐朽，母亲的骨殖，已经与泥土混为一体。我们只好象征性地挖起一些泥土，移到新的墓穴里。也就是从那一时刻起，我感到，我的母亲是大地的一部分，我站在大地上的诉说，就是对母亲的诉说。"我们有权利表达不满甚至愤怒，但是当下中国的作家持有的更多的正是这种伦理化的批判法则。而文学不只是一种布鲁姆所说的"怨愤诗学",而应该更具有多层次的发现性和可能性。可惜,这种发现性和可能性在当下中国太罕有了。

在每一个作家和诗人都热衷于非虚构性的抒写"乡愁"的时候,我不能不怀着相当矛盾的心理。一则我也有着大体相同的现实经历,自己离现实和精神想象中的"故乡"越来越远,二则是这些文学和文化文本所呈现的"乡愁"更多的是单一精神向度的,甚至有很大一部分作家和文本成了消费时代的廉价替代品。真正地对"乡村""乡土""乡愁"能够自省的人太少了。我想到了雷平阳的一句话——"我从乡愁中获利,或许我也是一个罪人"。忙着批判不是坏事,但是却成了随口说出的家常便饭,相反我们缺乏的是扎加耶夫斯基的态度——"尝试赞美这残缺的世界。/想想六月漫长的白天,/还有野草莓、一滴滴红葡萄酒。/有条理地爬满流亡者/废弃的家园的荨麻。/你必须赞美这残缺的世界"。尝试赞美残缺的世界,需要更大的勇气!

目下人们对余秀华或者谈论得过多,或者是不屑一顾(尤其是在所谓的"专业诗人"圈内),但是真正细读余秀华诗歌的人倒是很少。撇开那些被媒体和标题党们滥用和夸大的《穿越大半个中国去睡你》,搁置诗歌之外的余秀华,实际上余秀华很多的诗歌是安静的、祈愿式的。而她那些优秀的诗作则往往是带有着"赞美残缺世界"态度的,尽管有反讽和劝慰彼此纠结的成分,比如她在2014年冬天写下的《赞美诗》——"这宁静的冬天/阳光好的日子,会觉得还可以活很久/甚至可以活出喜悦//黄昏在拉长,我喜欢这黄昏的时辰/喜欢一群麻雀儿无端落在屋脊上/又旋转着飞开//小小的翅膀扇动淡黄的光线/如同一个女人为了一个久远的事物/的战栗//经过了那么多灰心丧气的日子/麻雀还在飞，我还在搬弄旧书/玫瑰还有蕾//一朵云如一辆邮车/好消息从一个地方搬运到另一个地方/仿佛低下头看了看我"。

每当地铁和车站以及广场上看到那么多人像热恋似的捧着手机，两眼深情或盲目地紧盯着屏幕忙着刷屏、点赞、转发而乐此不疲的时候，我想到的则是一款手机的全球广告。这则手机广告引用了诗人惠特曼的诗句——"人类历史的伟大戏剧仍在继续/而你可以奉献一段诗篇"。而我更为关注的是这款手机广告中删掉的惠特曼同一首诗中更重要和关键的诗句"毫无信仰的人群川流不息/繁华的城市却充斥着愚昧"。我想到的是茫茫人流和城市滚沸的车流中，人们真的需要诗歌吗？或者说即使大众和市场在谈论诗歌，更多的时候也是"别有用心"，比如为什么那么多的楼盘广告需要海子的"面朝大海，春暖花开"？很简单，就是利益驱动使然。

而我每天都能够在微信空间看到余秀华的写作和生活信息，看到她对生活的不满和牢骚，独自摇摇晃晃地在医院照顾生病的老母，她还要时时惦记着那些稿费和家里兔子的生长状况。但是我想，这也只是庞大无形的"中国现实"的小小一部分。还有很多日常、莫名和怪诞难解的"现实"处于我们的视野之外。而这恰恰就是文学的功用所在——提高我们的精神能见度。

为什么我偶尔会想起余华和他曾经震撼过我的先锋小说，就是因为他的小说曾让我如此着迷，而他近年的小说却又让我如此不满。

在1994年夏天的大学校园里我作为一个青年学生正在读那本

薄薄的小说《活着》。而多年过去，先锋的余华不再，而那个学生也已人到中年。之所以还要谈论余华，更大程度上是在当下的中国文学批评界已经很少有评论家会去谈论当下文坛的先锋文学、先锋小说甚至先锋诗歌了。换言之，先锋文学在很多批评家和写作者看来已经成为了一个过去时的历史概念。但是对于具体的小说家和文本创造以及文体更新而言，先锋不是一个技巧，也不是单一的历史观念，而是非常重要的方法论和文体实验。任何时代都不能没有先锋文学。而说到先锋文学，我们很容易为其设置一个对立面，即先锋与现实的关系。而二者的关系又很容易被指认为分立，也就是往往认为先锋与现实无关。这正是我们今天重新谈论先锋文学所要拨正的。如今有那么多的小说家已经不屑于所谓的先锋叙事了。那么他们更为关注的是什么呢？当下中国写作现实的作品不是太少而是太多了，且多到令人瞠目结舌的程度。也就是小说家们更倾心于现实，倾向于新闻化的焦点社会事件，最关键的是他们的写作因为缺乏耐心和想象力不幸地成为了对生活和现实低劣、表层和庸俗化的仿写。余华不幸地已经成为其中的一员。需要谈到很重要一点就是文学经验，实际上我觉得当下中国现实经验和文学经验已经到达了一个瓶颈期——很多作家卡在那里出不来。我当时为什么批评余华的《第七天》，就是因为余华已经不再是写小说，而是在写新闻。就近年的余华而言，他的小说不是离"现实"太近而是太远了，或者说只是表皮疼痛的日记，而不是精神激荡的现实感和先锋精神。尤其是移动自媒体平台的出现使得各种新奇怪诞的超乎想象力的现实每天层出不穷，作家的想象力正在和炸裂的现实比拼和赛跑。然而我们看到的却是作家想象力的匮乏，文学经验和现实经验对文体的先锋精神、创造力和想象力的弱化和消解。在新闻性的现实面前，小说作为故事作为叙事其难度越来越大，已有的现实经验和文学经验已经跟不上这个时代的要求。社会现实和现实经验必须转换为语言的现实感，经过语言和想象本体所呈现的事实才是小说的事实。这一写作难度不只是余华的，而是整个中国文学场域的。越来越多的写作者越来越媚俗——只是媚俗的方式不同而已，有的是世故市井和情色暴力，有的则是愤世嫉俗和批判伦理。

余华们的文学时代似乎已经过去了，而当年余华、苏童、格非和王晓明、程永新在《收获》编辑部吞云吐雾热谈先锋文学的时代也已经过去了。新的先锋一代在哪里呢？

既然反复说到现实，我们就不能不将目光转到2015年年初以来已经成为巨大社会事件和新闻焦点人物的余秀华身上。湖北中部石牌镇横店村也一夜之间成为新闻鼎沸的地标。

尽管余秀华很清醒："我希望我写出的诗歌是余秀华的，而不是脑瘫余秀华，或者农民余秀华的。"但是，恰恰是"脑瘫""农妇""底层""女性"这些关键词使得诗人余秀华激发了标题党、媒体眼球经济、看客心理、围观意识、猎奇心态、窥私欲望、女权意识、社会伦理……也就是社会学意义上的"身份""遭际""故事""苦难""传奇性"成为"新闻标题党"的兴奋点和引爆点。比如已经被传播得烂俗化的那首诗《我穿过大半个中国去睡你》。这并非是在真正意义上对诗人和诗歌的尊重。这必然引发的是诗歌的大众化问题。但是诗歌的大众化有时候又是伪问题，因为即使是余秀华的邻居也不知道和不关心余秀华到底是写什么样的诗。她们只知道那是一个脑瘫，行动不便，时而骂街的，和她们没有太大区别的农村妇女。也就是新闻事件的余秀华和写诗的余秀华、日常生活的余秀华并不是同一个人。谈论近期余秀华等"草根诗人"的诗歌美学缺乏基本的共识，而关注其背后的产生机制以及相应的诗歌生态则至关重要。而由微信自媒体刷屏进而扩展到整个媒体空间和话语平台以余秀华为代表的"草根诗人"现象既涉及诗歌的"新生态"，又关乎新诗发展以来的"老问题"。由余秀华、许立志、郭金牛、老井、红莲、张二棍等"草根"诗人的热议大体与自媒体生态下新诗"原罪"、诗人身份、"见证诗学"和批评标准（业内批评、媒体批评和大众批评的差异）相关。

面对缺乏"共识"的激辩，面对公信力和评判标准缺失的新诗，亟须建立诗歌和诗人的尊严。这既是美学的问题又是历史的问题。在一个精神涣散和阅读碎片化的时代，已很难有文学作为整体性的全民文化事件被狂欢化地热议与评骂，但诗歌却是例外。引爆人们眼球，饱受各种争议，不断被推到风口浪尖的恰恰是诗歌和诗人。无论诗歌被业内指认为多么繁荣和具有重要性，总会有为数众多的人对诗歌予以批评、取笑和无端指责、攻讦。这就是"新诗"的"原罪"——从没有类似情况发生在古典诗词那里。诗人在原型、人格和精神型构上都被指认为是不健全的。"诗人"有某种特殊的天性，而这种天性在诗歌之外的大众化语境中就成了根深蒂固的"痼疾"。这意味着在众多的文体中只有诗歌要去接受各种"悲观主义、讽刺、苦涩、怀疑的训练"？中国新诗一直没有权威的"立法者"出现，即使从美学上谈论同一首诗也往往是歧义纷生。这又进一步加深了普通读者对诗歌和评论标准的疑问。总之，诗人和诗歌的"原罪"已经成为横亘在每个写作者和阅读者的面前。你难以逾越，你必须去接受。甚至在特殊的社会文化语境之下，这种对诗歌的解读（误读）又形成了集体性的强大的道德判断。多年来人们已经习惯了"诗歌"与"大众"之间的平行或天然的疏离关系——诗人不在"理想国"之内。但是一旦诗歌和"大众"发生关联往往就是作为诗歌噱头、娱乐事件、新闻爆点。这又进一步使得诗歌在公众那里缺乏基本的公信力。被专业人士指认为缺乏基本诗歌常识的大众对诗歌和诗人的印象和评说往往令人匪夷所思、啼笑皆非，但最终以失败告终的仍然是专业诗人、读者和评论家们。我们更多的时候已经习惯了将一首诗和一个诗人扔在社会的大熔炉中去检验，把他们放在公共空间去接受鲜花或唾液的"洗礼"。对于中国文学场域来说，很多时候诗歌是被置放于社会公德和民众伦理评判的天平上。而公共生活、个人生活以及写作的精神生活给我们提供的就是一个常说常新的话题——诗人如何站在生活的面前？一首诗歌和个体主体性的私人生活和广阔的时代现实之间是什么关系？

必须正视"发表政治""舆论法则"和"大众趣味"在自媒体时代的巨大影响力。

"大众"自媒体和公共媒体更多的时候所关注的不是诗歌自身的成色和艺术水准，即使关注也是侧重那些有热点和新闻点的诗，而更多是将之视为一场能引起人们争相目睹的社会事件。"媒体报道"对"诗歌现实"也构成一种虚构。时下自媒体以及其他媒体对草根诗人、打工诗人的"形象塑造"是值得进一步甄别与反思的。一定程度上时代和大众需要什么样的诗人，就有什么样的诗人会被"塑造"出来。反过来，如果一些诗人没有特殊的社会身份、悲剧性命运以及能够被新闻媒体转换为点击率的文化资本，他们何以能够在一夜之间传遍整个中国（尽管不可否认其中一部分人的诗歌水平很高）？而与之相对的则是那些常年默默写作的诗人仍然处于被公众和社会认知的"黑暗期"。布罗茨基当年曾干过火车司炉工、钣金工、医院停尸房临时工、地质勘探队勤杂工，但是谁又把布罗茨基称为工人诗人、底层诗人和草根诗人呢？如果这种身份和相应的生活经验能够被转换为真正意义上的诗歌"知识"，那么这个问题还是成立的；如果这种身份只是成为社会和新闻学意义上讨论的热点或者噱头，就得不偿失了。我们必须承认文学的力量不在于像流行的"非虚构写作"一样只是提供了泪水、苦难、伤痛的伦理学的印记，而是更为重要地为每一个人重新审视自己以及看似熟悉的"现实"提供一次陌生的机会。

在现实面前我们更多时候只是一个"病人""陌生人"，甚至是诗人这样有写作"原罪"的人，包括余华和余秀华以及我们。而在这个时代写下"赞美诗"似乎更难，因为世界本来就是残缺和不圆满的。

"你可以奉献一段诗篇"

我咽下一枚铁做的月亮

他们把它叫作螺丝

我咽下这工业的废水，失业的订单

那些低于机台的青春早早夭亡

我咽下奔波，咽下流离失所

咽下人行天桥，咽下长满水锈的生活

我再咽不下了

所有我曾经咽下的现在都从喉咙汹涌而出

在祖国的领土上铺成一首

耻辱的诗

——许立志《我咽下一枚铁做的月亮……》

2013年12月19日，在深圳富士康打工的诗人许立志在渐渐冷却下来的夜晚写下这首《我咽下一枚铁做的月亮……》。在我看来，尽管阅读者更关注这些年轻诗人的阶层和社会身份以及诗歌中道德和伦理的部分，但是这首诗是具有一定的发现性的。曾经中国汉语诗歌中诗意的乡愁的柔软的月亮在打工者的文字中突然转换为了冰冷的机器的强硬的痛苦。这就是所谓的人与机器博弈的"摩登时代"吗？九个月之后，这位24岁的青年人从富士康的17楼纵身跳下。

在一个自媒体全面敞开的时代，在一个新闻化的焦点话题时代，在全面城市化的去除"乡土性"的时代，为何"现实"重新成为写作者最为关注的一个话题？为什么写作与现实生活之间的关系如此密切而又难解？诗人在处理当下现实的时候该如何发声？这种发声是否遇到了来自于文学和社会学新的挑战？

有一个老生常谈的话题，这就是文学与生活的关系。而今天，已经到了必须重新谈论、认识和评价诗歌写作与现实生活的话题了。

近期纸媒、网络和微信自媒体对"90后"跳楼自杀的打工诗人许立志（1990—2014）的传播和评价，很大程度上已经离开了诗歌本身。也就是中国当下被热议的诗歌和诗人，尤其是"诗人之死"往往都具有某种被放大化的社会象征性和时代寓言性。"大众"和公共媒体所关注的不是诗歌自身的成色和艺术水准，而更多是将之视为一场能引起人们争相目睹的社会事件——哪怕热度只有一秒钟。这可能正是中国目前诗歌的写作、传播与评价过程中难以避免的悲哀！这悲哀来得让人无言以对。值得注意的一个细节是，许立志是在2014的9月30日（星期二）跳楼自杀的，而后来的媒体报道却将这一时间有意地改动为10月1日。显然，这两个时间节点上死亡的象征意义是完全不同的。一个国家的重大节日和一个默默无闻的打工诗人的死亡之间又恰好形成了意味深长的紧张关系——时代隆隆的发展与静寂的个体死亡构成了生动的戏剧。

我们如何在一个诗人的生前和死后认认真真地谈论他的诗歌？如何能够有一个不再一味关注诗人死亡事件、社会身份、公众噱头的诗歌时代的到来？这些追问也许都是徒劳虚妄的。而由许立志定格在24岁的生命履历，我想到的是他奉献了怎样的诗歌。还好，他生前的诗歌值得我们认真谈论，因为他确实是一个不错的诗人。只可惜他同样是一个没有最终"完成自我"的诗人。

　　"媒体报道"在今天看来甚至对"现实"也构成了一种巨大的虚构力量。而围绕着许立志，媒体（也包括一部分诗歌界）为我们揭开的是如下关键词："90后"、打工者、诗人、打工文学接班人、深圳、富士康、17楼、自杀、海葬。对于任何人来说这些时代关键词一起冲涌过来的时候都不能不为之心惊胆寒。而对于"诗人之死"的谈论和关注更多是追认式的，包括昌耀和海子在内。试想，在海子和许立志生前有谁认真谈论和评价过他们的"诗歌"？许立志生前诗歌的写作和发表数量都不多，在诗歌界的影响甚微。而许立志也许还算是幸运的一个。诗人伊沙在《新世纪诗典》（第三季）中于2013年11月12日推荐了许立志的诗《悬疑小说》："去年在网上买的花瓶／昨天晚上才收到／实事求是地说／这不能怪快递公司／怪只怪／我的住处太难找／因此当快递员大汗淋漓地／出现在我面前时／我不但没有责备他／还向他露出了／友好的微笑／出于礼貌／他也对我点头哈腰／为了表示歉意／他还在我的墓碑前／递上一束鲜花"。出人意料的戏剧性的黑色死亡之诗！这首诗的戏剧性结构尤其是令人意想不到的结尾确实令人称奇。很多人读到这首诗最后两句的时候都会感到浑身"一哆嗦"

或一头冷汗。确实，现实本身比悬疑小说还不可思议。

实际上，许立志并不是个案。他既不是打工诗歌写作的个案，也不是打工者自杀的个案。

2010年震惊中国和全世界的是13个工人先后从富士康的大楼跳下。2011年高中毕业后的许立志来到深圳富士康。而许立志之所以是作为一个现象出现，不仅在于打工者的连环自杀，而且更在于他的诗人身份。由他扩展开来的恰恰是十几年来打工诗歌的热潮。而纪录片《我的诗篇》在2015年获得电影金爵奖就是最好的证明了。对于打工诗歌而言，这已经是一个炒冷饭的话题了。打工诗人群体的出现与地方经济发展和全面城市化的时代直接相关。十多年来我已经听惯了诗歌界和评论界对打工文学和打工诗歌喋喋不休的热议甚至争论。我并不是对这一写作群体有任何的不满，从生存的角度来说，他们是中国最值得关注和尊敬然而又一直受到冷落、漠视甚至嘲讽的人群。而据相关的统计，中国目前有3.1亿的农民工，有2000万在写作，有100多万的一线工人在写作诗歌。问题的关键是在评价许立志和郭金牛、郑小琼、谢湘南、乌鸟鸟等打工身份诗人的诗歌文本的时候，人们和媒体争相关注的并不是诗歌本身，而更多是关注诗人的身份、苦难的命运以及一个阶层的生存现状。实际上这也没错，为什么诗歌不能写作苦难？为什么打工者不能用文学为自己代言？但是，有一个最重要的层面却被忽视了——美学和历史的双重法则。历史上能够被铭记的诗人往往是既具有美学的个人性又有历史的重要性。无论是任何时代，不管出现多么轰轰烈烈的诗歌运动、诗歌事件和大张旗鼓的诗歌活动，最终留下来的只有诗歌文本。历史不会收割一切！稗草只能成为灰烬。时下很多诗人和评论家认为农民工诗人是一支新兴的文学力量，他们抒写痛苦的打工生活和工厂世界，为农民工代言。但也有评论家和诗人认为农民工诗人的写作过于狭窄、单一和道德化，缺乏美学上的创造力。目前人们热议的许立志正是被附加了很多诗歌之外的时代象征性。也就是说，在社会学的层面他是被同情的弱者，即便谈论他的诗歌也更多是从社会学和伦理的角度予以强化。2014年12月2日公布的所谓中国第一部打工诗人的记录电影预告片《我的诗篇》更是对许立志以及工人诗人的社会关注度予以推波助澜。我们必须承认，随着自媒体以及大众化影像平台的参与，诗歌的传播范围和速度确实是超越了以往的任何时代。这种影像技术以一种特殊的修辞方式通过极其真实的细节、画面和人物重构了诗歌与现实和时代的关系。深圳富士康超级工厂的流水线和一个个像机器一样简单操作的工人正上演着卓别林当年的《摩登时代》。而人与机器的较量又通过写诗者这一特殊的群体被提升到精神生活和社会公共生活的层面。看看许立志在2014年7月份写的诗歌，那简直就是一份生命的自供状和临终的遗言。诗人"一语成谶"的能力又再次成为现实。看看许立志的《我知道会有那么一天》《死亡一种》《诗人之死》《我咽下一枚铁做的月亮……》《我一生的路还远远没有走完》《我弥留之际》《发展与死亡》《一颗螺丝掉在地上》《夜班》《失眠的夜晚不适合写诗》《最后的墓地》《我来时很好，走时也很好》等诗就可以找到"预知死亡"的命运了。

这是真正的"死亡之诗"，如此不祥，如此让人不寒而栗。

许立志的这些诗歌中不断出现和叠加的是钢铁、骨骼、血液、蛆虫、死亡、刑场、棺材、屠宰场、失眠、偏头疼。以许立志的工人诗人为代表所呈现的正是一首首黑暗的充满了泪水和苦难的辩难之诗、控诉之诗、沉痛之诗，同时也是耻辱之诗、反讽之诗、无助之诗。任何诗歌都不能比这更"现实"更"揪心"了。许立志在诗歌中已经透露在繁重的工作中他又深陷长期的失眠和偏头疼之中。而作为精神上的"成人"许立志与同时代的其他打工者不同的是对自己的身份、命运和未来有着极为清醒的认识。换言之，在许立志等年轻一代人这里，他们在大机器和大工厂里看不到自己的任何价值，更看不到自己的前途和未来。

也许，他们是没有明天的一代人，没有未来的一代人——"还能在这里待多久/我无从得知/我想我还能坚持下去/每天我都是这样想的/我想我还能坚持下去/我站着的时候想/坐着的时候也想/睡着了，我就用梦想/我想我还有个家/每每想到这/漂泊在外的冷也都是温暖的/我想我还年轻/干点粗活扛点重物/累是累了点，可也锻炼身体/只是当阳光都走散了/一个人在夜里/多少还是有点迷茫，有点难过/有时揉揉困倦的双眼/想要清醒/却不经意地朦胧了视线/我想我还能坚持下去/直到太阳挡住了月亮和星星"（《我想我还能坚持下去》）。对于与许立志有着同样命运的一代人来说，这种坚持是一种胜利还是一种失败？毋庸置疑，他们已经被机器化、物质化和非自我化了。而有了精神，有了写作，有了诗歌，你又将更加痛苦无着。当你最终无力承担这一切，那么，许立志一样的命运就会出现和再次发生！许立志不是第一个，也不会是最后一个。在纪录电影《我的诗篇》预告片中有一个镜头：已经成名的打工诗人谢湘南无语地站在一大片墓地前。对于他们来说，这既是现实生活，又是时代的集体性隐喻。

此时，当你拿着手机刷屏和游戏的时候，你是否想到了某个国际品牌手机的那个无比煽情甚至还充满了"诗意"的广告——your verse anthem？你是否记得这款手机广告借用的电影《死亡诗社》里那句经典台词："我们读诗、写诗并不是因为它们好玩，而是因为我们是人类的一分子，而人类是充满激情的。没错，医学、法律、商业、工程，这些都是崇高的追求，足以支撑人的一生。但诗歌、美丽、浪漫、爱情，这些才是我们活着的意义。"这则广告还借用了惠特曼的诗句"人类历史的伟大戏剧仍在继续/而你可以奉献一段诗篇"。但是，这则广告却有意忽视了惠特曼这首诗中更为重要的诗句，"毫无信仰的人群川流不息/繁华的城市却充斥着愚昧"。而对于许立志等工人诗人来说，活着已经没有意义了，那么你们奉献了什么样的诗篇？此刻，在那么多大大小小的工厂里，在无边的噪音中一定有一颗螺丝像发丝一样无声地落下。而一个已逝的诗人却曾经无比苍凉地写道：一颗螺丝掉在地上/在这个加班的夜晚/垂直降落，轻轻一响/不会引起任何人的注意/就像在此之前/某个相同的夜晚/有个人掉在地上。

新媒体"诗歌生活"或"命运就是游戏"

作为二流时代的公民，我骄傲地承认：

我最好的见解也不过是二流产品，

我把它们向未来的岁月奉献，

作为与窒闷进行斗争的一些经验。

我坐在黑暗中。可是我感到

外部世界的黑暗比室内更为糟糕。

——约瑟夫·布罗茨基《我总是声称，命运就是游戏》

新媒体尤其是移动自媒体的出现对诗歌生态产生了不可忽视的影响。实际上很多普通人和写作者都忽视了一个问题，闪烁不定的电子屏幕背后仍然是城市或城乡接合部的暗夜。这种新媒体所提供的看似万花筒一样的日常生活与诗歌生活的关系并未真正地被谈论。也许真正到了这样的一个时代——在新媒体和自媒体时代以及飞速的现代化交通工具网络面前，人们已经无力来面对现实的远方与精神的远方。当人们都低头沉溺于一方小小的电子屏幕前，命运真的就是一场游戏了。被虚拟、被游戏、被同一化的精神生活！

而与新的传播方式相应，是诗歌与影视、戏剧、舞蹈、音乐、绘画等艺术领域的跨界。由此，出现了诗歌的剧场化、音乐化、广场化、公共化的现象。代表性的有翟永明的诗剧《随黄公望游富春山居》、音画诗剧《面朝大海》、"第一朗读者"、交响音乐诗《女书》、"新诗与古琴"朗诵演奏会、"诗歌来到美术馆"、"外滩艺术计划·诗歌船"等。此外还有诗歌专题纪录片和诗歌微电影的出现。与此相关的是诸多与诗歌相关的话题：自媒体和公众空间下诗歌传播，余秀华等"草根诗人"现象，诗歌的"精英化"与"大众化"，诗人的社会身份，底层诗人与社会现实的关系以及不同渠道的诗歌批评标准之间的博弈。尤其是诗歌微信平台"为你读诗""读首诗再睡觉"等大量的微信平台的出现对诗歌的大众化、"流行化"以及审美的多元化所起到的作用不容小觑。甚至，新媒体和自媒体平台制造了一种特殊的"诗歌生活"。几十万人共读一首诗并点赞、转载的热烈场面令很多人欢呼雀跃。确实，动辄几十万的阅读量、粉丝群和转载率、点赞数是以往包括文学网站和个人博客、微博平台在内的诗歌传播所没有过的。而由此出现的诗歌传播、阅读和评价的新变化已经引起学界和媒体的关注。微信平台的诗歌更适合高速的城市生活和读屏式的阅读习惯。人们最直观的感受是，诗歌好像正在从圈子里的创作和阅读走进普通人的生活，诗歌开始"流行"起来了。"诗人的诗"借助不断攀升的粉丝数和订阅数，似乎正在变为"大众的诗"。

"诗人的诗"和"大众的诗"这种划分虽不甚准确，但的确从一个侧面揭示了汉语新诗自发轫以来诸多未解的难题。今天，随着微信等移动终端的诗歌平台与大众之间越来越迅速、及时、开放、自由的"信息数据共享"与"交互性对话"，重提"诗人的诗"与"大众的诗"的关系问题，一定程度上也能帮助我们理性认识和反思当下的诗歌生态。较之精英化、学院化、小众化、知识化和圈子性（很大程度上具有排斥性和自我窄化的倾向）的"诗人的诗"而言，自媒体平台建立于更开放的"个人审美"基础上的"大众的诗"确实更容易为普通读者所接受。以个人微信号为主体的诗歌传播显然与一般意义上的新媒体和大众传媒不同，而是更强调个人性和自由度。微信平台上流传最广的往往是爱情诗和浪漫主义色彩鲜明、抒情性强又具有社会关注度话题的诗歌。

从"诗人的诗"及其场域来看，我们现在一方面有的是"繁荣"而喧嚣的诗歌现场——诗集（包括各种民间出版物）、诗选、诗歌类报刊的出版，诗歌朗诵会、大型诗歌节、小团体沙龙、跨界诗歌的公益活动以及采风、研讨、颁奖等形形色色活动的频繁举办；另一方面却是诗歌刊物的销量不断走低，大众对诗歌的"圈子化""精英化""小众化""自我窄化"的诸多不满以及"诗歌正在离我们远去"的质疑之声犹在耳边。不仅是纸媒传播，之前以诗歌网站、诗歌博客为媒介的电子化传播大多也仍局限于诗人和专业读者内部。以至于有人在问，孔子倡导的"不学诗，无以言"的诗教传统，今天何以传承？还有人在问，新诗产生100年了，为什么想找到一本属于孩子的诗集依然那么困难？新诗创作和阅读在多大程度上影响到普通人的文化生活？微信、微博等自媒体空间的诗歌传播给出了一些出乎诗人意料的答案。一个明显的现象是，现在订阅量比较大的诗歌微信公众号，其制作者并非都是专业的诗人和诗歌从业者（比如诗歌报刊编辑、出版人、诗歌评论家、大学文学教授），而更多是由普通人来参与完成的。他们这些非专业人士正在以最大的自由度理解和接受诗歌。这种自由度不仅体现为筛选范围的扩大（古今中外应有尽有），还尤其体现为对诗歌美学理解的多元。可以说，因为挣脱了美学上、思想上和文学史意义上的条条框框，普通人忠实于自己的阅读感受，用订阅和转发来"投票"，选出了那些最能接通他们情感的诗作。比如，现代诗因为受到经验、智性、深度和戏剧化叙事的影响，已经更多体现出适合"思考"的特征，诉诸公众直接感官的抒情诗、朗诵诗正在大面积萎缩。这其实也是诗歌大众传播的障碍之一。在接受方式与阅读条件上，较之传统的纸媒传播，微信等移动终端也显然更贴合诗歌的本质，无须正襟危坐地潜心研读，而是一种直接有效的"心领神会"。快节奏的城市生活方式和技术的进步共同推动着"读屏时代"的到来。在这样一个时代，人们已经很难挤出长时间段来阅读长篇小说那样的大部头，而诗歌这种抒情短制恰恰能够在最短的时间内给低头族、刷屏族们以最直接、最强烈的感受和共鸣。甚至某种程度上来说，属于诗歌的阅读时代正在降临。匆促、烦闷的快节奏生活需要诗意来调节，诗歌无限凝缩的文字和无限敞开的意境刚好发挥了以前所发挥不到的功能。正如微信公众号"为你读诗"所倡导的，以诗歌吟读的方式，将我们的情感以浪漫的、柔软的、古典的方式向我们的爱人、亲友甚至是自己来表达，"与其说是读诗，不如说在这功利的、浮躁的社会中，以'诗歌'为切入点，倡导诗意的生活"。

当然，看起来无限自由和开放的以个体为主导的自媒体，很容易出现信息的泛滥和失衡。

　　微信平台的诗歌传播也正面临着一个不小的风险，那就是由于缺乏必要的筛选、编辑机制，变成良莠不齐、泥沙俱下的诗歌大杂烩，比如对"废话体""口水诗""乌青体""余秀华体""脑残体"诗歌的不良传播。甚至有的微信平台为了迎合眼球经济，将那些与诗歌内容无关的暴露的色情图片和视频作为招牌。这带来的结果不是让人们离诗歌越来越近，而是越来越远。诗歌的亲和力和它在一定范围内的独立性和纯粹性并不矛盾，它在受欢迎甚至在"流行"的过程中，应始终保持来自日常却又高雅的诗意，对诗歌的阅读不能完全置于功利性的目的之上。我们当然需要通过自媒体的平台走近诗歌，用诗意滋养更多人的内心；与此同时，我们必须防止那些浮躁、功利、唯粉丝和阅读量为指归的不良传播心态，营造一个健康的诗歌传播环境，让更多的人读到更多的好诗，也让"诗人的诗"和"大众的诗"相互补充，彼此开放。

"诗歌现实"与"精神寓言"

一条狗依偎在主人的脚边，它抬着头

望着繁忙的交易区，偶尔，伸出

长长的舌头，舔一下主人的裤管

主人也用手抚摸着它的头

仿佛在为远行的孩子理顺衣领

可是，这温暖的场景并没有持续多久

主人将它的头揽进怀里

一张长长的刀叶就送进了

它的脖子。它叫着，脖子上

像系上了一条红领巾，迅速地

窜到了店铺旁的柴堆里……

主人向它招了招手，它又爬了回来

继续依偎在主人的脚边，身体

有些抖。主人又摸了摸它的头

仿佛为受伤的孩子，清洗疤痕

但是，这也是一瞬而逝的温情

主人的刀，再一次戳进了它的脖子

……

——雷平阳《杀狗的过程》

这是一个精神寓言，也是惨厉的现实和文化渊薮。雷平阳的《杀狗的过程》已经成为他的代表作之一，也是汉语新诗的经典之作。谢冕老师曾很多次对我说"雷平阳这首诗写得好，可是每次我都没有读完，因为实在不忍读下去"。确实，很多读者都有这种"不忍"之心。可惜，残酷的现实和人性以及历史并不会因为你的"不忍"而有丝毫减退。所以，任何人都必须面对那些难以接受的文字以及背后无底深渊一样的现实以及历史。

这首诗很容易被解读为对人性残忍的批判，甚至很多专业人士者也认为这首诗通过极其真实残酷的细节完成了超微镜头般的日常叙事。换言之，很多人就这首诗反复拉抻的残酷细节指认这首诗是现实之诗。你看这首诗有那么多细节纹理啊！比如具体到不能再具体的时间、地点、杀狗的淋漓过程。换言之，这首诗很容易被认为是非虚构，超级真实。

也许，这种解读没有错。

说其是米沃什那样的"见证之诗"也没有错。

但问题的关键确实忽略了诗人的综合能力。即这仍然是一首想象之诗，诗人既"在场"，又予以适度的超拔。需要进一步追问的是谁是那个冷酷的"主人"，谁又是那条被反复杀戮又如此对主人忠诚的"狗"？

《杀狗的过程》之所以在普通读者的阅读中能够成为过目不忘甚至不忍卒读之作，这不仅在于人性的狰狞超出了想象，狗的无辜、善良和忠贞超出了想象，而且还在于这首诗在此之外提出的重要性疑问。看到那个比喻或者隐喻了吗——"脖子上／像系上了一条红领巾"。这刺目不仅来自于场面，而且来自于语言背后的权力和历史话语构成的强大势能。

这又回到了雷平阳诗歌的重要性和启示性的问题。

雷平阳的诗歌写作在不断印证着一个不断重临的时代话题，同时这也是一个时代诗人所必须面对的难题。换言之我们都在谈论诗歌与时代、现实的关联，但我们却时刻在漠视这些日常生活的真实景观与诗歌镜像之间的转化关系。

这就是"自戕的挖掘"，也是一次次噤声的过程。噤声和震悚处必须有人以身饲虎。诗也未尝不是如此。

用任何"关键词"来概括当下繁而不荣并且已经全面丧失了共识度的诗歌状态显然是一件危险而"不靠谱"的事情。但是，显然面对着新世纪以来无比繁杂的诗歌这个庞然大物，我又没有其他更为行之有效的方法。这就是文学阅读和评价在全媒体时代的悖论和宿命。而是否能够通过关键词的做法来考察当下诗歌的现实与精神图景还未为可知，但是有一点是肯定的，这就是面对着无限放大和膨胀的诗歌版图，难以置喙或问道于盲多少成了难以避免的路径。

面对着当下的诗歌，我们是继续失望还是有着新的期许？

或者说"诗歌正在离我们远去"的说法是否还适用于高铁的加速度时代和一个愈益"寓言化"的国度？

或者说，我们的诗歌与"现实"之间到底发生了怎样的龃龉或"暧昧"关系？

从回车键到诗歌究竟有多远？

从诗走到现实究竟有多远？

这在一个文字练习者普遍缺乏敬畏的年代显然已经成了问题。我们诗歌界这些年一直强调和"忧虑"甚至"质疑"的就是指认现在的诗歌写作已经远离了"社会"和"现实"。里尔克的名言"生活与伟大的作品之间，总存在着某种古老的敌意"在今天的中国是否还适用？新世纪以来诗歌和诗人与"现实"的关系是怎样的呢？或者说当诗人作为一个社会的生存个体，甚至是各个阶层的象征符号，当他们的写作不能不具有伦理道德甚至社会学的色彩，那么他们所呈现的那些诗歌是什么"口味"的？我想这是一个相当困难的问题。因为任何企图回答这个问题的人都必须具备一个能力，那就是你的阅读量。近年来诗歌和诗人与"社会"和"现实"的关系到底是怎样的？二者发生关系的结果是怎么样的？诗人是用什么"材料"和"成分"构建起诗歌的"现实"？进一步需要追问的是这些与"现实"相关的诗歌具有"现实感"或"现实想象力"吗？

面对轰轰烈烈的在各种媒体上呈现的离奇的、荒诞的、难以置信的社会事件和热点现象，我觉得中国似乎已经进入了一个真正"寓言化"的时代。换言之，中国正在成为"寓言国"。首先应该注意到目前社会的分层化和各个阶层的现实和生存图景越来越复杂，越来越具有多层次性，越来越具有差异性。这种复杂和差异已经远远超过了一般诗歌写作者的想象和虚构能力。也就是说，现实生活和个体命运的复杂程度早已经远远超过了诗人的虚构的限阈与想象的极限。诗人们所想象不到的空间、结构和切入点在日常生活中频频发生，诗人和作家的"虚构"和"想象"的能力受到空前挑战。由此，面对各种爆炸性和匪夷所思的社会奇观，一般读者是否还需要诗歌甚至文学刊物？这个时代所出现的一些社会现象、问题和事件（可能是个别的）确确实实发生了，但是它们又几乎超越了作家和普通个体的想象和理解承受能力。一个新的天方夜谭的时代已经来临。"天方夜谭"成了一个又一个与每个人息息相关的社会事实。这几乎涵盖了文学所能涉猎的任何题材。加之各个地区大大小小的"地方化"的文化软实力的角力和宣传活动也需要文学和诗歌的鼓吹，诗人们与"现实"的胶着关系似乎从来都没有如此贴近和激烈过。这是好事，但也存在不小的危机。但是否如一位诗人所偏激地强调的"足不出户的诗歌是可耻的？"实际上，诗人和现实的关系有时候往往不像拳击比赛一样直来直去，而更多的时候是间接、含蓄和迂回的。显然，中国当下的诗歌更多是直接的、表层的、低级的对所谓现实的回应。"足不出户"并非与现实不发生关系。"出户"的诗并非就一定能与现实发生关系。人们似乎已经忘却了1995年诺贝尔文学奖在希尼的授奖词中所强调的"既有优美的抒情，又有伦理思考的深度，能从日常生活中提炼出神奇的想象并使历史复活"。

值得注意的是目前无论是大面积涌现的城市题材还是乡村题材，都出现了写作的双视角或多视角。换言之，写作者更多是从城市和乡村的双重角度进入乡村、进入城市。单纯的、绝缘的乡村写作似乎已经消失。

当我们一再抱怨诗歌远离了读者，诗歌越来越边缘化和"个人化"，可充满悖论的是我们已经进入了一个"泛诗"或"仿真诗"时代。无论是楼盘广告、政治宣言、商品广告以及各种反映社会焦点和民生热点的"民意"都往往是通过各种打油诗和仿诗歌的形式出现。新媒体的无限拓殖性和各种纸质诗刊（很多文学刊物都推出"下半月刊"，甚至推出旬刊）的大面积出现，似乎显示着诗歌传播的速度和广度已足够令人乐观。各种级别、资源和渠道的诗歌活动、诗歌节以及奖金成倍增长的诗歌奖似乎都令诗界同行们足够鼓舞。确实，诗歌活动、会议的频繁度已经超出了人们的想象，我们看到一个个诗人和批评家真正成了赶场的"在路上"的行色匆匆者。本年诗歌界流行的一个词汇就是"出场费"，无论是诗人还是批评家都对此心照不宣。诗歌批评和诗歌活动正在成为一种显豁的文化资本。

对于有多年诗歌阅读体验的我来说，终于到了谈论城市境遇下诗歌写作的这一天。因为无论是你正真切地身处城市生活，还是在乡村正感受挖掘机的隆隆巨响，还是你正往来于城市和乡村之间的道路上，还是你正目睹城市的雾霾弥漫过来，你不仅一刻都不能在现实生活中忽略城市，而且你的那些长短的诗行也都程度不同地与此有关。因为诗人是日常的人，那么你就不能不在喧嚣和烟尘滚滚的"现实"中写作。尽管这些城市生活和现实进入你诗歌的时候会发生因人而异的变化、过滤和调整。不管你是有意地在诗歌中疏离或是亲近它，反正诗歌与城市从来没有像今天这样实实在在而又无比胶着。但是，我们是否可以凭着对新世纪以来十年的诗歌阅读经验在诗歌主题上来一次检测？比如底层、打工、农村、城市……当我翻阅了大量的刊物之后，我最终发现了一些诗歌（数量绝不在少数）与"乡村""乡土"以及"乡愁""还乡"（更多以城市和城乡接合部为背景，回溯的视角，时间的感怀，乡土的追忆）有着主题学上的密切联系。而这么多在谱系学上相近的诗歌文本的出现说明了什么问题？而这些"同质性"的诗歌又是来自于国内那么多的期刊这又说明了什么问题？我想这并不是编选者或者期刊趣味"或者"标准"问题，而是牵涉当下诗歌的生态和诗人所面对的一个难以规避的"现实"——阅读的同质化、趣味的同质化、写作的同质化。无论是政治极权年代还是新世纪以来的"伦理学"性质的新一轮的"题材化"写作，我们一再强调诗人和"现实"的关系，诗人要介入、承担云云。但是我们却一直是在浮泛的意义上谈论"现实"，甚至忽略了诗歌所处理的"现实"的特殊性。但是，当新世纪以来诗歌中不断出现黑色的"离乡"意识和尴尬的"异乡人"的乡愁，不断出现那些在城乡接合部和城市奔走的人流与不断疏离和远去的"乡村""乡土"时的焦虑、尴尬和分裂的"集体性"的面影，我们不能不正视这作为一种分层激烈社会的显豁"现实"以及这种"现实"对这些作为生存个体的诗人们的影响。

新世纪以来，打工和底层越来越成为社会学和文化诗学上主流的词汇，当这种写作路径越来越成为无论是官方还是所谓的民间不约而同摇旗呐喊的大旗的时候，我想这种写作带给我们这个时代甚至文学本身的除了一部分有意义之外，更多的却是需要重新反思和检视。人们对此种类型诗歌的语言、技巧和结构已经不闻不问，只对诗歌题材中具有社会性、伦理性和阶层性的内容予以高强度的关注和阐释。说到文学生态，诗歌所呈现的"同质化"倾向，就不能不涉及刊物、编辑对写作者和读者无形中的"培训"和"塑造"功能。尤其是那些"大牌"刊物和"国刊"（当然，对那些持有"个人"和"独立"立场的写作者而言，他们从来都不认为存在什么刊物的级别和重量）。显然，传统意义上的纸质媒体在"编辑"和"审稿"的过程中会有一个总体的风格、选择标准或者基本的"底线"。有人说编辑队伍是"老化"最严重的，我一定程度上认同这个判断。刊物的"风格"作为一种持续性的要求和惯性"气质"从积极的意义上讲会保障诗歌的质量和刊物的"个性"，但是这种期刊普遍存在的"气质""风格"和"个性"显然会对与之相悖或者具有差异性"风格"的诗人诗作形成搁置甚至遮蔽。我们不能不承认，阅读者越来越呈现专业化和圈子化。或者说，写作、阅读和批评都越来越在"自说自话"且"自以为是"。我们知道自古以来就有些好诗写得就不像"诗"。显然，很多刊物都会不同程度地将这些"不像诗的诗"阻挡在门外。而更为重要的还在于，尤其是国家级期刊的用稿标准会对写作者、阅读者和批评者形成巨大的"塑形"作用。其中刊载的诗歌无形中已经成了很多诗人尤其是青年诗人仿效的"样本"，诗歌趣味和写作的"同质化"问题就出现了。这也很大程度上形成了诗歌写作的"同质化"倾向。这个不良倾向已经存在了很多年。这种"题材类同化""表达趋同化""意识社会化"的诗歌写作现象的出现反映了诗人身份的复杂性以及生存压力和影响的焦虑，当然也不能排除作协系统、评奖标准、主流趣味、刊物口味所一起形成的对诗歌写作者尤其是年轻写作者们的重要影响和"规训"。再进一步，由"同质化"的诗歌写作我们必须面对另外一个重要的层面——阅读。从这些文学期刊每年的发行量来看（有的每况愈下，发行数量已经难以示人），我们要问我们的读者是谁？读者群的"成分"？流失的读者哪里去了？尤其是对于诗歌刊物而言，其阅读者无外乎诗人、诗歌习作者、批评家和各大高校院所的一部分学生（更多是与文学相关专业的研究生）。这实际上就形成了一种"小阅读"，或者说这种阅读带有小范围内的"专业化"倾向。更令人担忧的是各大期刊不仅形成了写作者的"同质化"，而且也对阅读者和研究者形成了带有同质化倾向的阅读趣味和评判标准。实际上，这就形成了一个封闭的系统，而其结果就是每年下来，在汪洋般的诗歌大海上，能够真正站立的岛屿般的诗人，寥寥无几。我们是否也会由此引发这样一系列追问：我们是否进入了"纯文学"式微的年代？

怎样才能站在生活的面前

我抱着一只兔子，走在人群中间

每个人都转过头

很好奇我怀里的这个

东西

兔子，它只是一个动物

有两只很大的耳朵

和两颗东张

西望的

红眼

睛

我白色的外衣

包裹着这个动物

我去哪

就带它到哪

人们看着

我

觉得奇怪

兔子，它大大的耳朵代替我

皮肤竖起的

警觉

它小小的

挂在笼子里的心

和我一起

在黑夜

怦怦

乱

跳

——非亚《兔子》

它（兔子也好，诗人自我也好，白日梦也罢），是如此日常而又让人感到新奇和陌生。那红红的眼睛，那高高竖立的警觉的大耳朵还有那些匆匆的人流。它们所一起带给我们的正是细小、日常、个体却重要的精神现实。它们都生发于日常生活流之中，可是它们却呈现了并不轻松的一面。当下很多已经日益成熟的中青年诗人，已经一次次在生活的现场制造了一个个精神生活的寓言。我们需要剥开日常的多层表皮才能与内核和真相相遇。这可能正是诗人们需要做的——文本中的现实。

"怎样才能站在生活的面前?"这句疑问正在强烈地敲打每个写作者的内心。

实际上，"历史病"有时候就是"现实病"。

当公共生活不断强行进入到个体的现实生活甚至诗歌写作的精神生活当中的时候，应该正视无论是一个政治极权的时代还是紧张而又涣散的城市化时代，我们的精神生活都远没有那么轻松。那么，我们如何站在生活的面前？

我在当下很多诗人的文本世界中不断与那些密集的灰色人流相遇，与一个个近乎废弃的落寞的村庄相遇，与一个个大大小小的城市相遇，与一个个车站和一条条交错的道路相遇，与一个个斑驳的内心暗疾或者精神幻象相遇。也许，诗歌从来没有像今天这样成为对照生活的一部分。盘妙彬曾经在一本诗集中说"现实不在这里，不在那里"。那么，对于诗人而言，"现实"在哪里呢？

而近年来文学界讨论最多的就是"现实""生活"和"时代"。如何讲述和抒写"中国故事"已然成为汉语写作者共同的命题。无比阔大和新奇的现实以及追踪现实的热情正在成为当下汉语诗歌的催化剂。而当下对于诗歌与现实的判断，已经出现了两种甚至更多的声音。一种声音认为诗歌看似空前繁荣，活动众多，但实际上诗歌已经远离了时代和大众；另一种声音则认为当下诗歌与现实的关系空前紧密和胶着，诗人和时代的关系似乎从来没有像今天这样密不可分。为什么在诗歌写作越来越自由和开阔的今天，我们必须重提"生活""现实"和"时代"这些老旧的字眼？问题正在于在写作越来越个人、多元和自由的今天，写作的难度正在空前增加。甚至当写作者表达对生活和现实理解的时候，竟然出现了那么多经验和修辞都空前同质化的文本。这是怎么造成的？生活与想象和写作之间在当下的城市境遇下到底存在着怎样的复杂关联？

那些处理日常生活和公共生活的诗歌，其中不乏长久打动我的优秀文本，当然也不可避免地存在着个性特征不明显、类型化、肤浅化、同质化的问题。由此，在诗歌数量不断激增的情势下做一个有"方向感"和精神难度的可辨识的诗人就显得愈益重要，也愈加艰难。尤其是在大数据共享和"泛现实"写作的情势下，个人经验正在被集约化的整体经验所取消。当下诗坛仍然非常耐人寻味！当我在一个个清晨和深夜翻开那些诗集、刊物、报纸以及点开博客、微博、微信的时候，那一首首诗不仅没有让我看清这个时代诗人的个性，反倒是更加模糊。在自媒体平台上成倍增长的青年写作群体不仅对诗歌的认识千差万别，而且他们对自己诗歌水准的认知和判断更耐人寻味。这些诗人（尤其是年轻诗人）好像是被集体复制出来的一样。与此同时，很多成名的大腕诗人正在国际化的诗歌道路上摇旗呐喊。可看看他们的诗，他们仍然是翻译体写作的二道贩子。而很多诗人也欣欣然于毫无创见和发现的旅游见闻写作，他们正兴奋无比地给那些山寨、仿古的景观贴上小广告。还有一部分诗人更为恶劣，他们对诗坛不断恶语相向。看似义正词严的面具却掩盖了他们的私心、恶念和狰狞的嘴脸。

由诗歌与现实的关系，我认同小说家阎连科关于现实"炸裂"的说法，"终于到了这一天，现实的荒诞和作家的想象赛跑"。不久前著名汉学家葛浩文对中国作家过于依赖现实的批评我也比较认同。似乎当下中国的作家对"现实"和讲述"中国故事"投入了空间的热情。中国作家对现实主义的不满与批判，集体患上了现实写作的焦虑症。随着新媒体和自媒体的全面放开，言论自由和公民意识的空前觉醒，曾经铁板一块的社会现实以突然"炸裂"的形式凸现在每一个人面前。这些新奇、陌生、刺激、吊诡、寓言化、荒诞的"现实"对那些企图展现"现实主义写作"愿望的写作者无论是在想象力还是在写作方式、精神姿态、思想观念上都提出了前所未有的挑战。大众共享的大数据时代所提供的新闻和社会现实无时不以直播的方式在第一时间新鲜出炉。每个人面对的都是同一化的新闻热点和社会焦点,每一个人都在一瞬间就通过屏幕了解了千里之外正在发生的事情。这种新闻化的生活方式导致了同一化思维方式,每个人在新闻和现实面前都患上了集体盲从症。新闻化现实自身的戏剧性、不可思议性已经完全超出了写作者对现实理解的极限,现实的新奇也然超出了写作者的想象能力。由此,我们看到的就是对新闻和现实的"仿真性"写作。如此平庸、肤浅、廉价的现实化写作怎么能够打动他人?与此相应,写作者的现实热望使得近年来的底层写作、打工写作、新乡土写作、城市写作正以"非虚构"的方式成为主流的文学趣味。这或者正如米沃什所说的诗歌成为时代的"见证"。然而不得不正视的一个诗学问题是,很多写作者在看似赢得了"社会现实"的同时却丧失了文学自身的美学道德和诗学底线。也就是说很多诗人充当了布罗姆所批评的业余的政治家、半吊子社会学家、不胜任的人类学家、平庸的哲学家以及武断的文化史家的角色。

我从来不否认当下的诗歌写作环境比历史上极权年代宽松和自由,我也从来没有忽视大量的优秀诗人和优秀文本不断涌现,但是我还必须得说出我的不解和不满。因为这也只能是产生"优秀诗人"的年代,却不可能有"大诗人"产生。吊诡的时代和现实景观以及自媒体的新闻"个人解释权"都使得诗歌的精神和思想难度遭受到前所未有的挑战。更令人不解的则是当下众多的诗人都投入到了写作现实景观、关注社会问题的伦理和道德化的写作潮流中去。在很多现实题材的写作中社会学僭越了文学、伦理学超越了美学。这无形中形成了一个悖论:在每一个诗人津津乐道于自己离现实如此贴近的时候,我们却发现他们集体缺失了"文学现实感"。大浪吹卷淘沥之后,更多的"现实性"的诗人和文本已经淹没不存。所以,当你继续在写作,继续以诗歌的方式生活和幻想,继续以诗歌的方式来反映、反观甚至来对抗现实,那么你就必须懂得对于诗歌而言永远存在着一个基本的尺度和底线。由此我想到的是诗歌的梯子。你需要它把你抬高到故乡的屋顶或者城市的阳台,你需要它把你送到更低、更黑暗的地下室去!

我想起莫言在发表诺奖获奖演说时所说的:"我母亲生于1922年,卒于1994年。她的骨灰,埋葬在村庄东边的桃园里。去年,一条铁路要从那儿穿过,我们不得不将她的坟墓迁移到距离村子更远的地方。"这种尴尬关系、混搭身份和错位心理催生出来的正是一种"乡愁化"的写作趋向。这种"乡愁"与以往一般意义上的"乡愁"显然是具有一定的差异性。这种乡愁体现为对城市化时代的批判化理解。在城市和乡村的对比中,更多的诗人所呈现出来的现实性就是对逝去年代乡村生活的追挽,对城市生活的批判和讽刺。更多的诗人是在长吁短叹和泪水与痛苦中开始写作城市和乡村的。很多诗人在写作城市的时候往往是从社会伦理的角度进行批判。这无疑是一种简单化的单向度的写作方式，这是必须要予以反思的。几乎每个人都在写作"乡愁"，那么这就给写作者提出了非常大的挑战，如何在同质化的熔炉中脱身而出？

诗人必须具有发现性！焦点社会现象背后的诸多关联性场域需要进一步用诗歌的方式去理解和拓宽。写作者必须经历双重的现实：经验的现实和文本的现实。也就是说作家们不仅要面对"生活现实"，更要通过建构"文本现实"来重新打量、提升和超越"生活现实"。而这种由生活现实向精神现实和写作现实转换的难度不仅在于语言、修辞、技艺的难度，而且更在于想象力和精神姿态以及思想性的难度。

诗歌产生于时间深处。诗人是不断跑到时间表盘背后去验证命运的人。而在当下，时代诗人的时间感却被加上了更加沉重的负荷。

在全面城市化去除"乡土性"的时代，诗人如何在真正意义上站在"现实"面前已经成为切实的命运。我不否认那些直接面对生存苦难和新闻化现实的诗歌，但是很大程度上我更认可那些安静的写作，以及安静背后挑动我们神经的诗歌。它们处理的同样是日常和生活，不动声色但是并不缺少芒刺和荆棘。它们往往具有通过细小的事物和场景展现出来的精神普世性。我更认可波兰诗人亚当·扎加耶夫斯基对现实的态度——"尝试赞美这残缺的世界"。我们可以确信诗人目睹了这个世界的缺口，也目睹了内心不断扩大的阴影，但是慰藉与绝望同在，赞美与残缺并肩而行。这是一种肯定，也是不断加重的疑问。而对于有着不同生存经验的各阶层而言，"现实"是分层的，"现实"是具有差异性的。这体现在写作中就最终落实到了对"现实"的差异性理解。在此我想以青年诗人陆辉艳的诗《最后一块长草的土地》为例略作说明。这首诗日常、平静、舒缓,没有大张旗鼓也没有故作姿态。就是在不断的呈现与抒怀中,那些细小的、日常的、过去的、当下的事物仿佛蕴含了巨大的情感和精神势能在一瞬间就击中了你。那是细小的闪电!它让你想到了每个人的生命和死亡,想到了长久被遗忘的卑微的生命以及土地、天空、星群和历史,想到了每个人不尽相同的生存境遇以及每个人都会有同感的时代的荒芜和不可知的未来——"我们停止拥抱,坐下凝望/在他们方形的房子上方/谈论他们曾种下的蔬果,土地上的劳作/以及涨潮的大海带来的空气中的咸味//那是农夫们在夜晚的灌溉/白色圆顶的水塔像教堂似的/矗立在道路旁。当我们经过/听见水声在水塔中响起/什么也没改变,过去的时代并没有/过多参与我们的生活。除了/我们从叶缝中仰望星空的时候/视线稍微改变了方向"。

不论你处理的是生活的近景还是愿景,诗歌写作都最终必须回到时间的法则中去。也就是说只有你真正打开内心幽暗的精神通道,你才可能找到真正属于你的语言和诗句。这样的诗歌才是可靠的。也许这才是"命运之诗"。

说到"命运之诗",我想到近年来很多诗人关于"身体""肉体""病体"和家族"死亡"的诗,还有填满了各种添加剂的畸形变态的"身体"。围绕着诗歌中这些形形色色的"身体",我们看到的不仅是个人的命运,而且还隐秘地串联起个体与历史和现实之间的交叉地带。它们的存在和消失既是个人的,又是社会的。从这一点来说，每个人都是为自己和他人写作黑白色调的"挽歌"。时间是无情的单行道，每个人都不可能倒退着回到过去。在很多诗人这里不断呈现的是那些疼痛的、缺钙的、弯曲的、变形的、死亡的"身体"。那些敢于把自己置放于时间无情的砧板之上的诗人是值得敬畏的。我喜欢其中一些诗人以诗歌的方式还原了身体经验的重要性。实际上很长时期中国的诗歌是不允许说身体和肉体的，因为那会被认为是有损灵魂和崇高的。也就是说，中国的诗人曾经自欺欺人了很多年。没有身体的改变和感知，比如对季节冷暖的体悟，对时间流变中身体变形的疼痛，比如行走过程中身体与历史的交互，比如身体对外物和他人的接触，怎么会有真正的诗歌发生？很大程度上可以说诗歌这种话语方式印证了"道成肉身"。我曾经在几年前去陕南的时候亲眼所见两尊菩提肉身，那种强烈的对身体被夯击的感觉至今仍在持续。

值得强调的是，对于现实写作往往容易分化为两个极端——愤世嫉俗的批判或大而无当的赞颂。很多诗人在处理乡土和城市的时候，这种批判性和伦理意识就非常强烈。累积了那么多的重要诗歌文本和写作经验之后，当下写作城市背景下的生活越来越有难度了。因为，一般意义上的行吟、流连、歌哭、浪漫、抒情甚或疼痛与泪水式的"乡土写作"与"城市写作"（更多的时候二者是一体的）已经不足以支撑现代断裂地带空前复杂的经验。由此，诗歌是一种精神的唤醒。这种唤醒既直接来自于时代境遇，又生发于普世性的时间法则。也就是说这来自于诗人的个体现实，比如生老病死的时间法则，同时又来自于大时代背景之下的具体而微的刺激和反射。什么样的诗人看到什么样的世界。在物化中确认自我，在自我中发现世界。这就是诗人要做的事儿。而现在很多的诗人都不会说"人话"，往往是借尸还魂，拉虎皮扯大旗。借尸还魂，即利用贩卖来的西方资源用翻译体蒙人，用古人和精神乌托邦自我美化、自我圣洁。而说"人话"就是你的诗应该是可靠的、扎实的，是从你切实的体验、从身体感知、从灵魂深处生长出来的。这样的话，即使你浑身疙疙瘩瘩像榆木脑袋，你也该被尊重，因为那是你最真实的部分。这实际上又回到了上文说到的"诗人形象"。进一步说，很多诗人通过诗歌进行自我美化、自我伪饰、自我高蹈、自我加冕。很多诗人那里的美化、洁癖和圣洁，既可疑，又可怕。尤其是你见识了那些诗人在生活和文字中巨大的龃龉和差异的时候，你就如同被强行吃了一口马粪。

面对大量写作城市生活或者以城市为背景的诗歌（实际上这已经成为当下诗歌写作的共同现象），我认为在当下的城市与乡村、前现代性和现代性之间无疑形成了一道"界河"。说到"界河"，我想说的是诗歌有时候会面临很多临界甚至转捩的当口。比如现实与白日梦之间，生活与远方之间，城市化与农耕情怀之间，亲历与历史想象之间都会形成"界河"的对峙状态。那么就诗人和写作而言，你如何在"界河"用界碑的方式标示自我的位置和话语的存在感呢？看看当下很多的诗人都在地理的快速移动中写出了旅游诗和拙劣的怀古诗。高速前进时代的诗人生活不仅与古代的游历、行走不可同日而语，而且就诗歌的历史对话性而言也往往是虚妄徒劳的。速度并不能超越一切。日本的柄谷行人被中国评论界津津乐道的是他对现代性"风景的发现"，而这个时代的诗人是否发现了属于自我、属于这个时代的"风景"？

2014年的10月中旬，秋风渐起的时候，我独自一人站在江心屿和楠溪江，看着不息的江流我竟然在一瞬间不知今夕何夕。千年的江水和崭新的大楼同时出现在我们的面前，这就是生活。在那些迅速转换的地理和历史背景中诗人应该时时提醒自己和当代人牢记的是，你看不清自己踩着的这片土地，不呼吸当下有些雾霾的空气，不说当下体味最深的话，你有什么理由和权利去凭空抒写历史，以何感兴又何以游目骋怀、思接千载、发思古之幽情？

诗人，还是老老实实、踏踏实实地把文字揣在自己怀里，继续说"人话"为好。再一次强调的仍然是那句话，你必须站在生活的面前！

没有"远方"的诗学

我坐在火车上，火车在走

我却不想去哪里

我想火车可以开得很慢

我可以永远坐下去

我想它永远没有终点，永远在开

透过窗子，车窗外的事物

在快速地后退

直到我老了，已经看不清

也记不起曾经看到它们多少次

我想我可以热爱它们

像现在这样

我来到车尾

看着两条蜿蜒而去的铁轨

和它周围的田野

它们交织在一起

像崭新的母女,又像永恒的父子

如果我老了，已经上不了火车

已经没有属于自己的火车

我想火车可以开到我的身上

每个人都早已为火车

准备好了身体的铁轨

火车可以在那儿开，慢慢地

开往一个山坡，或是更远的一片高地

如果前一列已经隆隆地开过去了

下一列还没有开来

我就坐在枕木上，耐心地等着

一个人，腰都弯了，头发都白了

还是那么地热爱他的火车

——江非《我坐在火车上，却不想去哪里》

2010年的7月4日，江非写下《我坐在火车上，却不想去哪里》这首反讽与悖论性的时代寓言。火车与远方，人与无地，热望与无望，当下与远方之间的虚无感从来没有像今天这个时代成为诗学的难题和命运的尴尬处境。

是的，没有"远方"的诗学都是由当下的诗人共同构建起来的。

面对着纷繁莫名又无比吊诡的社会现实以及近年来不断涌现的伦理化、道德感和社会化题材的写作潮流，很多专业的评论家和学者给出的答案是——"无边的现实主义"。也就是说,无比阔大的现实以及现实抒写正在成为当代汉语诗歌写作不可回避的重要事实。但是,"无边的现实主义"这一说法似乎在一定程度上又显得有些大而无当。只有真正面对那一个个诗歌狭小的入口,只有进行田野考察和切片式的分析,我们才有可能得出一个初步的答案。

诗歌与现实的关系是一个既具有普适性又中国化的问题,甚至在一些历史节点上这成为大是大非的问题。如何讲述和抒写"中国故事"已然成了写作者共同的命题。但是,处理美学和社会学的关系,底线是这种题材化的现实必须要转化为语言的现实、诗歌的现实和想象化的现实。更为重要的是这种写作事实和精神现实一定是要立足和扎根于个体主体性基础之上,这在阶层分化明显的时代境遇下显得尤为重要。对于有着不同甚至迥异的生活和生存经验的各种阶层和群体的人而言,"现实"是分层的,"现实"是具有差异性的。而这体现在写作中就最终落实到了对"现实"的差异性理解。

当年在荒芜的德令哈的漫天暴雨中,诗人海子最关心的现实不是世界和人类,而是一个姐姐。在四川绵州崎岖难行的山路上,杜甫关心的不是自己的前途未卜,而是时刻挂念病重的李白。云南鲁甸地震、新疆暴恐、工厂爆炸、飞机失事等焦点社会现象的背后还有诸多关联性的场域需要进一步用诗歌的方式去理解和拓宽。而对现实的差异性理解还涉及诗人身份和诗歌功能的问题。无论是希尼强调的诗歌是一种精神的挖掘,还是鲁迅所说的"一首诗歌吓不走孙传芳,而一发炮弹就把他打跑了",还是扎加耶夫斯基所强调的诗歌是对残缺的世界尝试赞美，这些对现实的理解以及相应的诗歌功能的强调都使得诗歌的现实写作呈现出了多个路径。

每一个路径都有可能抵达诗歌最高的境界——写作也是一种真理。具体到当下现实写作的境遇，我们会发现诗人身份的历史惯性也导致了现实化写作的诸多问题和缺陷。

当代中国历来缺乏公共知识分子和有机知识分子的传统，这种缺失在新媒体时代使一些好事者扮演成意见领袖和冒牌的公共知识分子。知识分子精神的缺失从来没有像今天这样在诗歌界以及文学界成了最为尴尬的话题。

知识分子形象一直是中国当代文学的一个典型性的精神征候。就像诗歌界在多年前的一个讨论一样："一个坏蛋是否能写出好诗？"这终究是没有标准答案的问题。正如我们必须正视的是没有任何一个作品能够阻止坦克的前进一样，我们谈论文学与现实关系的时候实际上也是在谈论文学的功能问题。问题的吊诡性却恰恰在此。在强调文学的自足性、独立性和文学本体性、个体主体性的同时，我们还必须注意到作家不是能够纯然"绝缘"和"非及物"的群体。既然我们身处历史和现实的漩涡之中，那么就写作而言是不存在完全意义上的"纯诗"和"纯文学"的。实际上，知识分子就是一种精神的承担。这种精神的承担显然不是简单的处理现实题材的写作，而是涉及人格、修为、写作和现实生活之间的诸多更高的要求。这种要求必然需要有难度的写作出现——语言的难度、认识的难度、情怀的难度、精神的难度以及思想的难度。而这种现实和精神的双重难度还来自于更大的挑战。这就是媒体以及新速度。

另外的挑战则来自于时代的高速度化。这涉及诗歌写作的空间维度。

诗歌不仅直接生发于个体的存在性感知（比如身体、疾病），而且还不可避免在一个个空间里发生。这一个个空间位置不仅是诗人和诗歌的空间存在，而且在特殊的时代转换性的节点上，这些空间还自然带有了文化性、地域性、政治性、象征性、普泛性和寓言性。高速发展全面推进的城市化时代通过一个个密集而又高速的航线、高铁、城铁、动车、高速公路、国家公路正在消解"地方"的差异性。

拆除法则以及"地方"差异性空间的取消都使得没有"远方"的时代正在来临。

当年著名的作家、诺贝尔文学奖获得者索尔·贝娄说过这样一句话——过去的人死在亲人怀里，现在的人死在高速公路上。这正在成为世界性的事实。20世纪80年代的诗歌一再被追认为是诗歌的黄金年代呢？其中最重要的一点在于那是一个有"远方"的理想主义贲张的年代。那时的长发飘飘胡子拉碴的诗人正急于奔走在去往远方的路上。在那一代诗人看来，"远方"代表的是一种青春期的文化理想，代表了一种理想化的、精英化的甚至英雄主义的生活方式。那是一个有着精神远方的时代！海子、骆一禾以及四川盆地的李亚伟等先锋诗人纷纷在诗歌和现实中奔向"远方"。正如吕贵品在诗歌中大声呐喊的"远方有大事发生"。而到了当下，无差异的地方性空间使得真正意义上的"远方"已经不复存在。我们所经历的只是从一个地点被快速地搬到另一个地点，而这些地点已经没有太大的文化地理学层面的差别。与此同时，各种现代化的运输工具使得诗人的行走能力以及"远方"的理想主义精神空前降低和萎缩。与以往的诗歌传统相反的是，诗人只是在狭小的日常性空间无病呻吟，或者成了现代派的炫技者和思想的低能儿。与此同时，随着一个个乡村以及"故乡"的消失，去除乡土根性的新时代的"新景观"与没落的乡土文明的"旧情怀"之间形成了紧张的关系和错位的心理。众多的写作者正是在这种新旧关系中尴尬而痛苦地煎熬和挣扎。

这种尴尬关系、混搭身份和错位心理催生出来的正是一种"乡愁化"的写作趋向。

这种"乡愁"与以往一般意义上的"乡愁"显然具有一定的差异性，这种乡愁体现为对城市化时代的批判化理解。这无疑是一种简单化的单向度的写作方式，乡村和城市二元对立的思维已然成为写作者的精神支撑和写作基础。这是必须要予以深入分析和反思的。看看近年来流行的乡土写作、城市写作和底层写作就可以发现问题的症结所在。那么，与此相关的一个重要问题是个人现实以及公共化的现实如何转化为写作的现实感呢？我在这里强调的"现实感"与一般意义上的"现实生活""现实主义"是有差异的。"现实感"显然来自于一种共时性的作家对生存、命运、时间、社会以及历史的综合性观照和抒写。这种观照和抒写方式显然除了与当下的时代和现实景深具有关联之外，也同时延展到过往的历史烟云甚至普适性的人性深处。换言之"现实感"写作既通往当下又打通历史，既有介入情怀又有疏离和超拔能力。

这无形中形成了一个悖论：很多作家写作了大量的关于"现实题材"的文本，但是我们却在这些文本中感触不到文学的"现实感"。与此同时，更多的诗人和写作又形成了另一种论调。似乎传统意义上的"现实主义"的写法和精神在今天的写作者这里都失效了。他们在寻找处理"现实"的新途径以及文本自身的逻辑。而无论是拉美的"魔幻现实主义"，古巴卡彭特尔的"神奇现实主义"，还是阎连科的"神实主义"，都构成了一些特殊国家本土作家现实化写作的文学史谱系。请注意三者背后的民族和国家特征，文学的政治地理学仍然是值得谈论的话题。但是，我仍然想追问的是一般意义上的现实主义写作传统在当代中国真的就无效和死亡了吗？乡土写作的可能性是什么？当下很多乡村写作表面上看是涉及当下和历史的，实际上却只是停留于历史经验，真正的当代性的乡村书写仍然缺失。也就是说乡土诗歌抒写的当代性非常不足，更多的是仍停留于传统意义上乡土文学经验，区别在于只是手法上不断更新罢了。此外，对于更多的诗人而言，先锋的方法论和文体学革新已不再是问题，那么以什么材料来构筑文本就显得格外重要（典型的例子是欧阳江河的长诗《凤凰》和徐冰的装置艺术《凤凰》之间的差异）。尤其是在新媒体时代各种震惊的超出了作家想象力极限的新闻现实的语境下，社会材料以及诗人对材料的理解和重构就显得格外重要且具有超出以往的难度。最为关键的是对现实的理解和处理方式（更多的是仿真性现实、伦理化现实、道德化现实、社会化现实，相应缺失的是文本性现实、语言性现实、精神性现实和想象性现实），重构诗歌的乡村和乡村的诗歌，如何呈现看不见的现实和看不见的历史。

诗歌精神的能见度问题，仍然是当代诗人必须正视的精神现实和写作现实。很多重要的诗人已经用写作给中国文学带来了不断的震撼性的启示——最荒诞的最真实，最抽象的最真切，最寓言的最现实。这种"非正常"的震惊式阅读效果仍离不开政治寓言抒写的情结。

死亡与永生：诗人的青铜墓地

"满脸霞光熠熠，他独自上升

喝醉了阳光，亮透了一颗心……"

让诗歌的十字架在平整过的墓地上耸立起来。

让它像一具青铜的牛角镇守住这恶欲回流的地方。

死亡不能结束的东西留给诗歌的镇守去生长。

让我们热爱这青铜的十字架，青铜的校阅台

青铜的嗓音。让我们热爱这个用我们的生命和母语

浇铸成的另一具青铜的心像

"多么高贵，多么美，他们听到召唤……"

先知，闭上你的嘴，别把鲜血吹进花树。

我们不是普度众生的神祇，我们是词语的亡灵，

我们不是迎风招展的旗帜，我们只是生存的书写员。

我们不是青铜之外的天空，我们只是青铜墓地里的空气

……

我看到在墓地上空，先知的脸像庸众一样一闪而没……

——陈超 《青铜墓地》

2015年春末。太行山麓的黑色大理石墓碑上，是一个诗人青

铜雕像的侧影。一个诗人终于在此安眠。

奇怪和不解的是恩师陈超先生从2014年秋10月31日凌晨远行到2015年4月25日春末安葬，我竟然一直未能在梦中与他相遇。

念之，黯然无语。

这成了我最大的心结。

4月27日黄昏，我自宁波鄞州带着这个心结前往慈溪素有浙东第一寺的五磊寺。在高速路上我想到的是清代鄞州诗人周礼的诗句："雨歇云收山气浓，晓来遮遍翠芙蓉。小童门外忽惊报，失却前村五磊峰。"

车子穿过城镇渐渐转上山路，山脚下是一片肃静的杜湖，水波不兴。湖边翠竹掩映，叶片沙沙作响。在黄昏时分抵达山门，在大雄宝殿外礼佛正赶上宏大的水陆法会。傍晚的院子里疏影横斜，我和住持宗立法师以及友人吃斋喝茶。我与他说到此行的一个心结。法师说了很多，生死悲辛诸多点化处与我心诸多契合。出了住持的院子，寺中没有灯光，久违的黑暗中只听见真明池分外响亮的流水声。不知名的山鸟穿空而过偶尔啼鸣三两声。下山复回闹世，又与友人在阒寂之处偶然看到完白山人邓石如的一首诗："晓起犹残月，柴扉破雾开。呼童扫花径，梦有故人来。"看到最后一句"梦有故人来"我心头一震，并对友人说前三句为实写，末句宕开虚写，却是写尽了人生冷暖与尘世期盼。

深夜回到住处，辗转失眠。

凌晨入梦，竟梦见陈超老师欣然就坐，与我隔着一个长条木制桌案。先生展开我的一篇文章，指点，满脸笑容灿烂，面容饱满红润，笑声爽朗。等清晨起来，梦中情形仍历历在目胜于亲证。真的是"梦有故人来"啊！我竟然与先生在慈溪梦中相见，梦比现实还要真实。

此时，已距先生下葬三日。

必须谈论诗人陈超。这是一种必要，也是对陈超作为重要诗人的尊重。

吊诡的中国文坛却往往"事后诸葛亮"，一直喜欢做惯性的"追认""补偿"法则。等某人一离世（尤其是非正常死亡）立刻就是铺天盖地的解读文章和追念文字——而不是放在生前做倾心交谈。我将之视为耻辱。

我曾在很多年前的几篇随笔中谈论过老师陈超的诗歌。这完全出自于我对他诗歌的热爱。多年来我一直倾心于他作为杰出诗人的一面。从2000年作为陈超先生的研究生起，我一直在反复读他诗歌，乐此不疲。这既是一次次进入到他隐秘而深沉的精神生活中，也是一次次与他在诗歌中对一个时代的回应与回声重逢。我不断在歌文本中感受到他温暖的微笑和对尘世的热爱，与此同时又不断与"无端泪涌"和沉痛莫名的陈超相遇。

在很大程度上诗歌界普遍关注和倚重陈超作为杰出诗论家的一面，而这种"高拔"也造成了对他诗歌写作长期的遮蔽与忽视。批评家身份甚至对他的诗人形象形成了一个强大的阴影和消磁器。

陈超的诗歌是先锋精神与略显"老旧"的话语体式之间的结合。在咏叹和吟述的朗朗乐调中呈现的却是深入当代的先锋意识和深切的个人体验。这在20世纪八九十年代的汉语诗坛是绝无仅有的。

这是一个痛彻的歌者，宿命性地用诗为自己写下墓志铭。

陈超早在1979年开始诗歌写作。经过天生的诗歌"直觉"和多年的写作"训练"，在人生和写作的双重淬炼中陈超终于在八九十年代之交的历史语境下迎来了写作的高峰期。而这一凛凛雪原般高峰期的到来却是以持续性的撕扯、眩晕、阵痛、战栗、惊悸以及死亡的想象与精神重生换来的。

这样的诗既是高蹈的又是及物的，既是面向整体的时代精神大势又是垂心自我渊薮的浩叹。在陈超这里，个人经验的公开化与公共经验的个人化能够很好地揭示出来。我看到陈超一次次走在时代转折点的"断裂"地带——那里是凛凛的风雪与陡立的绝壁。陈超在诗歌中不断燃起一场场死亡和重生的大火，随之也布满了灰烬和寒冷。在20世纪八九十年代之交的历史语境下，陈超的诗歌就是展现精神高蹈、生命阵痛以及完成"诗歌历史化"的过程。他一次次抬起头颅仰望教堂、天空和圣灵、十字架，同时他又没有因此而凌空虚蹈和自我沉溺，而是同时将双脚紧紧地踏在接通此岸和彼岸、历史与现实、精神与生活的那座"桥梁"上。

陈超的诗歌在阔大而暴烈的时代背景上葆有了对词语、经验、个人化历史想象力的多重命名、发现与开掘。北方那个一年四季灰暗乏味、雾霾重重的城市似乎在某种程度上提醒陈超与这个时代的关系——深入命名的迫切感与紧张的内心体验。我曾经在一篇文章中认为陈超是工业时代大汗淋漓的顶风骑单车的人。他只能在阵雪飘飞、枝丫无声的一个个冬夜静顿、沉潜下来。他在一个个夜晚于诗歌中安身立命，完成室内的"案头剧"。陈超曾认为写作就是重抵精神的荒原。这种精神生活和相应的体验方式既与其精神高标以及极高的自我要求和约束有关，更与八九十年代整个诗歌的精神转捩有关。正因如此，死亡一次次出现在他这一时期的诗歌中。那些死亡之诗现在读来仍让人不寒而栗。正如陈超所说："讴歌死亡的诗人，不一定受动于自毁激情，恰好相反，他祈祷的是烈火中钢的轮回。这一点，脆弱的读者是看不到的。"回击死亡的写作与回击死亡的阅读同时凛凛降临，这是将头颅在火焰中淬炼的"美学效忠"，诗人在阴森冷酷的时代暗夜写下了亡灵书和精神升阶书。

5月到6月，陈超在家里断断续续地写了长诗《青铜墓地》的一些片段。内心的撕裂和痛苦使得他最终将这首计划中的长诗搁置下来。重要甚至伟大的诗歌都是在特殊的节点上完成的，陈超的这首长诗《青铜墓地》也不例外。转眼到了1990年的1月，这年的冬天北风呼啸刺骨。在一个夜晚，陈超和朋友来到了西部，来到一段废弃的大川前。裸露的河床和身边漫无涯际的黑暗让陈超在那一刻被诗神的闪电击中，他必须站出来言说自己的痛苦、时代的悲歌："裸露的河床铺满乱石。狞厉、冰凉。缝隙中挤着污浊的雪霰。我们踏上它，感到热血从脚踵升起。这是些战败的头颅。广阔的空无和黑暗，在我体内发出回声。河床缓慢而坚定地向下划破……每一步都仿佛是一种尽头。两岸起伏的沙砾，像是土地裸露的神经，它努力向下压迫，使河床趋向于金属。走，向下！我点燃了一蓬沙棘，从黑暗和寒冷中，骑上窃来的有限光明。我听到我的胯骨在歌唱，我感到祖先曾这样用身体和血液思想。来路不远。我知道只要稍稍返身，就可以爬上堤岸，融进稀疏的人间灯火。但是，我被这种怯懦激励得愤怒！我必须比黑暗更黑，去经历坠落的眩晕。……这是与地狱对称和对抗的力量！

我们跪在谷底的干雪中，把地狱追逐。它终于道出了真相：向下之路是头颅飞翔之路，当我们愤怒地刺入地狱之中，地狱已经死去。"

这段文字在我看来更像是舞台上失败英雄的巨大而撕裂的回响。在自然和历史阔大而黑暗的舞台上，诗人在冥冥自语中终于寻找到了灵魂的一束光柱，尽管这一寻找的过程是如此惨厉而艰难莫名。

第二天醒来，陈超浑身发烫，头天的寒冷和内心的焦灼使他真的生病了。可就是在身体高热（这实际上是一种精神的灼伤）中完成了长诗《青铜墓地》。

陈超认为这是自己第一首充满了光明的诗篇，而它却是地狱的赐予。

"……在我生命的中途，迷路来到这个地方。"
四月，花朵整齐地塌下，树木的叶子缓缓枯卷，
月亮像濒死的巨蛹徒劳地想挣出天空的黏液。
山谷青铜的曲颈瓶，扭结着硫黄和莫名油料烟缕的发辫。
风吹岩窟，颤音袅起，抖动浓雾辽阔的殓衣。
我在哪里？我在等谁？这可不是我要待的地方。

我蹑足后退，青铜墓地便蹑足跟随，
我转身狂奔，青铜的荆莽懒腰缠住我中年的躯体。
在一场噩梦中我跨入了天谴的界线
遇到我尘世生涯未尝领略的庞大的虚无体积。

111

我坐在一块石灰岩上喘息，它说："你压疼了我的耻骨！"

我扯一根艾蒿，它说："谁在拔我的睫毛！"

呵，声音，这里总算有了声音——

有一群人在地下等着我，有一个空冥的世界

让我凝神谛听被湮没的年代沼气的麦鸣。

在我生命的中途路上了与但丁相似的路，

我已无法区分它是来自地下，还是我逶迤的大动脉中……

当陈超在黑夜中擎举着荆棘的火焰走向大川的突然凹陷处，这正是光明与地狱的较量，是被撕裂的一代人与那个黑暗的时代的撕扯。我想，《青铜墓地》是一首失败之诗，也是一首胜利之诗。诗中涉及的历史是失败和耻辱的，而知识分子的灵魂却最终取得了胜利。因为陈超了然于一句真理——向上的路和向下的路实际上是同一条路。当他不断向下向黑暗深处掘进的时候，他正在维持无限向上的精神维度，二者是合一的。实际上在20世纪八九十年代的转捩点上陈超的很多诗歌都凸显了这种高蹈、向上又不断探向内心深处和时代黑暗处的精神方向。

1989年7月，长诗《青铜墓地》发表于《诗神》。陈超在《青铜墓地》的开篇处标明：与哀歌相似，但不是哀歌。哀歌作为西方的一种古老诗歌体式源自于古希腊挽歌，由一行六音步句接一行五音步句组成。其中托马斯·格雷的《墓畔哀歌》和里尔克的《杜伊诺哀歌》是杰出的代表作。题目"青铜墓地"必然导致整首诗死亡的沉暗气息，而这种死亡是针对于一个特殊时代的精神死亡的。陈超接下来将海德格尔的"先行到死亡中去"和狄兰·托马斯的"在死亡的大汗中我梦见我的创生"作为序曲前墓志铭一样的存在。

该长诗由序曲；第一歌：我说；第二歌：众诗人亡灵的话；第三歌：合唱和尾声组成。

这是一首由密集而精神体量庞大的意象构成的隐喻之诗。

序曲中所呈现的时间背景——四月——显然是历史化的时间。而这一历史化的时间是由一代人的死亡和逃亡碾压和垒砌而成的。这里我们看到的死亡的殓衣，看到了高蹈的灰烬，目睹了硫黄和油料燃烧生命的过程。而诗人难以抵抗的不是死亡和白骨，而是伴随着中年期和时代精神转换到来的庞大的虚无感和信仰的无着感。虚无，就是没有支撑。那么在惨烈的历史中作为诗人和知识分子的精神支撑是什么呢？这不能不是与诸多亡灵和先行者们的对话。丧钟一遍遍敲响，魔鬼和诸神的声音也搅拌在一起较量，而广场上早已了无人迹。诗人将那些词语和集束炸弹一样的意象密集地扔向时代昏聩的人群，那些高蹈、向上、撕裂、焚毁的力量是如此悲剧性地缠绕在一个诗人身上。这是向死而生的诗，是通过诗歌穿越死亡并使得死亡得以重生的哀歌。

在时代强行进入写作的狂飙中诗人规避着失语的阵痛和尴尬的愤怒。在生存和写作背景的暴戾转换中诗人感到了时代对写作的巨大强迫感和无形的框定。在这样的时刻写作需要的不只是勇气和坚持，写作的前提是诗人必须对身处的时代有清醒的体认和省察。写作的痛苦需要诗人的"历史个人化"的"求真意志"，这是对书写行为的最为恰切的姿态。在历史记忆、生存现场、生活细节的反复擦亮、商忖、自问与盘诘中他迎来了一次次词语的猝然降临。陈超多年来欣喜于这种猝然一击的诗歌方式。在他看来，诗歌是精准、有力的与时间对称的手艺。正因如此，他能够面对时光沙漏的阵微细响，也能面对一个时代雪峰崩塌的寒冷与惊悸。他能够做到的就是在课堂上朗诵自己的诗，在一个个夜晚用语言雕凿着已逝和将逝的阵痛与宽怀。

陈超诗歌中特异的部分是那些一以贯之的以诗论诗的诗。

这种"元诗"性质的诗歌直接打通了诗歌写作与批评之间隐秘的通道。这种对话、互文、互证、互动、呼应、对称的写作方式恰好平衡了诗歌与批评之间的微妙之处。尤其是1994年之前，这种"元诗"写作在陈超的诗歌中占有着重要的位置。必须强调的是陈超的"元诗歌"并非只是简单地与其他诗人和诗人自我的精神对话，而是在更深的层面呼应了个体精神与时代境遇之间的紧张关系。或者说，这种共时性的诗歌写作也是一种及物性的精神担当。

实际上，很多年陈超看似平静的诗歌话语背后一直是一颗紧张纠结的心。平稳的墨迹与持久的阵痛该如何得以最终的平衡与完成？诗歌和时代语境以及个体生命的幽深纹理在这种类型的诗歌中最终得以复杂呈现。陈超是一个有语言良知感的诗人，他会直接用"以诗论诗"的方式谈论他对诗歌语言、修辞和本体依据的独特理解与观照。诗人对语言的态度关涉他对世界和写作的双重把握。

陈超的诗歌有时会直接处理写作和阅读带来的辛劳与欢欣。在陈超这里写作是一种"快乐的知识"，也是痛彻的精神重生。

当这种努力放置在80年代末和90年代初的写作境遇中，其难度可想而知。陈超个人生存体验的焦灼感与诗学立场的忧患意识在紧张而双向拉开的向度中以深入向下的勘探姿态夯击、锤打。陈超早期的诗歌写作一直有一种对"圣词"近于"纯诗"般的敬畏与倾心向往。这种精神向度甚至延续到他九十年代初期的诗歌写作中。他这一时期的写作是自叹的、吟述的、流连的、悲鸣的、舒缓的，但同时又是紧张的、"楔入"的、尖锐的。缓慢的语调与绷紧的语词和分裂的内心之间形成了张力。

个人精神的乌托邦使得陈超成为一个近乎老式的"留守者"。这种精神镜像、灵魂的升阶书一直强化着这一时期陈超远非轻松的诗人形象。这种重压之后的碾痕、断裂之后的寻找、血迹背后的重生一直反复在他这一时期的诗歌中叠加，比如《风车》《我看见转世的桃花五种》《博物馆或火焰》《艺徒或与火焰赛跑者之歌》《青铜墓地》《凸透镜中两个时代的对称》等。

1991年2月，青岛海滨，黄昏。彻骨冷风中陈超久久凝望着远方哥特式建筑尖顶上的一架风车。在那一刻，物理学上的风车已经成为精神意义上十字架的隐喻。一个突然断裂的时代和精神之痛使得诗人突然涌出热泪。血液、风车、十字架、教堂、天空、星光显然形成了诗人高迥情怀的对应之物。他在那一时期的诗歌中所坚持的就是一个"精神留守者""在广阔的伤痛中拼命高蹈"。这是一个被时代强行锯开"裁成两半"的诗人。他必须经受时代烈火的焚烧，忍受灰烬的冰冷。火焰、灰烬、血液、头颅、死亡、骨头、泪水、心脏、乌托邦在这一特殊情势下的诗歌中反复现身。这一体验和想象在《我看见转世的桃花五种》中得以最为淋漓尽致地凸显。这是一首直接参与和见证了一个时代死亡和重生之诗。当那么多的死亡的风暴、血液的流淌、内心的撕裂与转世重生的脆弱桃花一同呈现的时候，高蹈、义愤、沉痛、悲鸣的内心必须在历史语境和个人精神中还原。这是见证之诗！生命之诗！寓言之诗！陈超在八九十年之交这种高蹈、澡雪、痛彻、垂直火焰般的维持无限向上姿态的诗歌写作在葆有了时代良知和灵魂秘密的同时，也不可避免地存在着精神耽溺的危险。这种危险很大程度上会导致写作空间的狭促和逼仄，在自我戏剧化和镜像化的同时会导致精神洁癖，会将诗人推至极端而丧失对生存现场的勘探和询问勇气。也就是说这种写作的危险性在于它有可能遮蔽和悬置日常事务和生活的细部纹理以及个人化的历史想象力和求真意志，从而导致对"个人历史感"经验的遗漏和忽视。正是这种个人的写作实践以及对这种写作危险纠正的敏识，陈超在1994年前后开始了自己诗歌话语转换的努力与探询。这是先锋精神向日常生活的转换，但二者又不是截然分离的。

"我"作为诗人和一个"日常的现实的人"该如何面对诗歌的世界、精神的世界与现实的世界？如何撇开自恋的"不及物"写作而更为有效地楔入时代的核心或噬心的时代主题？诗歌只与诗人的良知、词语的发现、存在的真实、内心的挖掘有关。陈超对那些一味高蹈的诗歌是持有保留甚至怀疑态度的。他一直是站在生活的幽暗处和现实的隐秘地带发声。他一直强调诗歌对"当代经验"的热情和处理能力，一直关注于诗人的"精神成年"与及物性场域之间的关联，一直倾心于对噬心命题的持续发现。而这样向度的诗歌写作就不能不具有巨大的难度——精神的难度、修辞的难度以及个人化历史想象力的难度。平心而论，在20世纪90年代初期，陈超并没有断然割裂"理想主义者""自我意识"与"经验论者""生活和事物纹理"之间的合法性内在关联，而是试图以弥合和容留的姿态予以整合。这种容留性的诗歌写作在一定意义和程度上会消除诗歌的偏执特征。这是一种更具包容力的写作，是容留的诗，张力的诗，是维持写作成为问题的诗。在陈超这里诗歌不是简单的对"圣词"的赞咏和乌托邦的理想憧憬，也不单是简单的修辞练习。这就是陈超的诗歌经由高蹈的"转世桃花"到日常性的精神生活的转变。其代表作就是写于1998年的《秋日郊外散步》。个体经验的深刻性与内敛的话语方式以及吟述性的音乐感形成了特有的质地。这些日常之诗能够做到细节的真切和精神氛围融合，叙事性和抒情性榫接得无迹可寻，严整的结构和对称性的句式相呼应。

陈超的诗歌写作经历了八九十年代之交"转世桃花"般的阵痛与精神高蹈以及九十年代中期以来深入当代和日常生活的过程。他回环于时间的冲击涡流中，在向上仰望又躬身向下的双重视阈中容留了时间和存在的光斑与印记。

记忆的火焰，时代的阵痛，身心的裂变，日常的焦灼，未来的辉映都同时抵达。

那些光亮一次次将诗人的内心和悒郁一起镀亮，阴影与光芒共存。

他用一生封好了一只诗歌的漂流瓶。

如今在时间的大海上，我们等待着它重新被打开的那一刻！

而那个青铜墓地，就是一位诗人的永生之所！

"悬崖饲虎"或"聚石为徒"

我想找一个地方，建一座房子

东边最好有山，南边最好有水

北边，应该有可以耕种的几亩地

至于西边，必须有一条高速公路

我哪儿都不想去了

就想住在那儿，读几本书

诗经，论语，聊斋；种几棵菜

南瓜，白菜，豆荚；听几声鸟叫

斑鸠，麻雀，画眉……

如果真的闲下来，无所事事

就让我坐在屋檐下，在寂静的水声中

看路上飞速穿梭的车辆

替我复述我一生高速奔波的苦楚

——雷平阳《高速公路》

任何人想在时代的高速路上停留下来都无异于痴人说梦，而诗人就在此行列。徐则臣在《耶路撒冷》中让一个乡下的疯子将一块石头扔在铁轨上，而这一形象恰恰是暗合于诗人内里的。此时我想到的令人惊悚不已的话是——过去的人死在亲人怀里，现在的人死在高速路上。

雷平阳的最新诗集《悬崖上的沉默》的电子版我已阅读了数日。

在这个涣散莫名的时代，能够旷日持久地坚持精神难度和写作难度的诗人实属罕见，而雷平阳则是这一极少数的代表之一。其精神性的寓言和对现实的生命感转化能力逐渐凸显出"悬崖饲虎"和"聚石为徒"的诗人形象。

一个我们曾经熟悉的世界作为一种老旧的空间和秩序正在可怕地消失。

穿过阴霾浓重的城市街道，我希望在时代的墓碑上錾刻下这些名字：哀牢山、金沙江、奠边府、佤山、司岗里、基诺山、乌蒙山、他郎江、小黑江……

我们所面对的是没有"故地"的时代。极其吊诡的则是我们的"地方"和"故地"尽管就在身边但我们却被强行地远离了它。而"地方"和"故地"的改变更是可怕和惊人，因此文字空间里携带着精神能量的地理就成了不折不扣的乌有之乡。在隆隆的推土机和拆迁队的叫嚣声中一切被"新时代"视为"不合法"的事物和景观都以不可思议的速度在消亡——"心慌、不安和焦虑，已经让一座座纪念碑/每天夜里，都梦见了轧轧驶来的推土机"，"老去的/是烟囱上面的天空，厂房里的江南"。雷平阳的出生地已经从"欧家营"变成了"爱国村"。强硬的带有"时代合法性"的铁臂正在取代一切曾有的秩序——尤其是精神秩序。然而，诗人在此刻必须站到前台上来说话！在此，诗人不自觉地让诗歌承担起了挽歌的艺术。那些黑色记忆正在诗歌场域中不断弥漫和加重。雷平阳无疑是一个真诚而朴拙的写作者，而用真诚完成的诗歌精神更为可靠。他的真诚和朴拙使得他将诗歌视野仍一贯地停留在"云南"空间。这样的好处在于能够强化一个诗人的风格，而存在的限围和问题则是容易导致某种程度的自我封闭。雷平阳的诗歌性格冷静而克制，孤苦而决绝。他的诗歌更像是黄昏中顽健老牛的尖角，在安静的背景之下向下向内挖掘的同时不断给人以持续性的颤动与撞击。

每个人都处于两个时代和迥异经验的悬崖地带，你不能不做出选择。在2014年夏天的暴雨中，我曾在一朋友处看到雷平阳的四个斗大的书法"聚石为徒"。这样说并非意味着雷平阳就是写作的"圣徒"，而我想强调的则是其写作的"精神来路"和"思想出处"。在我看来诗人的"出处"或者"来路"非常重要，而雷平阳诗歌写作"生发地"从一开始就具有了极其强烈的两难性乃至宿命感。

从1966年轰鸣闷热的夏天开始，雷平阳就在昭通土城乡欧家营（曾改名为"爱国村"）身不由己地折返、踯躅、游荡和寻溯。这是一个不断将沉暗的汉语针尖擦亮的写作者。这个离群寡欢的"欢乐"和"悲怆"同在的"梦游者"同时也是"立法者"确乎从少年时代开始就宿命性地以诗人的"非正常性格"冷静而无望地面对着所有"破败性"遭际。雷平阳的诗歌仿佛有永远的暮色，在无边的苍茫中窥见人生的踪迹以及神的训谕。

与雷平阳相遇最早的记忆来自于多年前的额尔古纳。那时正是最为寒冷的冬天，气温已经是零下30多度。第一次相遇就是从无边无际的寒冷草原开始的。深夜里我和雷平阳、李亚伟、默默、沈浩波、谭克修等人用热酒来取暖。

我们走在空无人烟的雪野上，不得不时时跺脚来去除那无比真实的寒冷眷顾。在莽莽的原始森林里，雷平阳在风中抖落的积雪中一次次按下相机的快门。这极其空旷的边陲草原被白雪覆盖，而夜晚的璀璨星光却离诗人之心如此贴近。当雷平阳在酒桌上站起腰身，伸开嗓子吼出"月亮出来亮汪汪"时，我从这位云南汉子沉暗的脸上第一次倾听到了如此陌生而切近的"边陲"之音。此后在连云港、北京、深圳、绵阳、福州以及蒙自、昆明不断相遇的时候，夜晚一次次充满了烟草的呛味和烈酒的热气。

尽管雷平阳已经被冠名为"新散文翘楚"，但我坚持认为这必然是"诗人散文"的重要性和有效性使然。他最终只能是一个"诗人"。从世俗（比如某些奖项）的角度来看他已经是一个有了光环的人物，但是从诗人的精神境遇而言雷平阳仍然是时代高速旋转的聚光灯之外的"边缘者"。

一个我们曾经熟悉的世界作为一种老旧的空间和秩序正在可怕地消失。强硬的带有"时代合法性"的铁臂正在取代一切曾有的秩序——尤其是精神秩序。破败的时代碎片却无处不在。在此，诗人不自觉地让诗歌承担起了挽歌的艺术。但是挽歌很容易导致自恋的精神洁癖和蹈虚狂人，而雷平阳却在诗歌中完成了呈现、还原与再造。雷平阳的冷静、坚深、朴拙和沉暗的质色一起构成这个时代启示录般的存在。我们难以自控地跟随着新时代看似"前进"的步调和宏旨，但是却很少有人能够在喧嚣和麻木中折返身来看看曾经的来路和一代人的命运出处。而即使有一小部分人企图重新在"历史"和"现实"两岸涉渡和往返，但是他们又很容易或者不由自主地成为旧时代的擦拭者和呻吟的挽歌者，成了新时代的追捧者或者不明就里的愤怒者。而合宜的姿态就应该是既注意到新时代和旧时代之间本不存在一个界限分明的界碑，又应该时时警惕那些时间进化论者或保守论者的惯性腔调。诗人所目睹的"时代风景"已经变形并且被修改甚至芟除。"真实之物"不仅不可预期而且虚无、滑稽、怪诞、分裂，震惊体验一次次向诗人袭来。

"贴身肉搏"的结果却是"失魂落魄"。

虚无的诗人已经开始失重并且被时代巨大的离心力甩向虚无之地。在此时代情势之下诗人的"祷辞""隐语"就只能是一种虚无体验的无奈验证之举。诗人在为那些消失和正在消失之物以及空间祈祷，也不能不对那些现代性和城市化时代的现实之物抱以以卵击石般的不解和警惕。这样产生的结果能够保证诗人"治疗自己的失忆症"。雷平阳对母语、文化、地方性有着"山野土著"式的虔敬。面对着那些沉暗的异乡人、出走的人、再也回不到故乡和旧地的人，雷平阳只能用"经书"一样的祷告发声。在这里诗人遇到宿疾和难解的悖论。祷告有用吗？由此诗人承受的是一次次的虚无，因为"念咒的母语灭绝"。在雷平阳这里，入世与高蹈、诅咒与赞颂、介入与游离、市井与经卷、城市与旷野如此不可分割地纠结缠绕。与此同时，雷平阳不断使用一些似是

122

而非以及充满了矛盾和互否性的词语。这再次印证了写作与现实之间的巨大反差与龃龉。

多年来在我的观感中，雷平阳其人其诗都带有"一根筋"性质。这来自于他的性格和精神境遇，也来自于他的生存环境。而正是这种倔强、彷徨却未曾彻底迷茫的持守使得他的诗歌每于平常之处都有撼人心魄的惊雷之声。他诗歌中总是有一种弥漫不散又沉沉坚固的"土气"。这种特有的味道让人踏实，也让那些被现代性和城市化时代所溺染的人们恍如隔世。由"旁观者""漫游者"和"土著"角色，雷平阳诗歌的语言近于生长性的植物。它们的每一寸延伸或者弯曲都来自于尘世的冷暖阴暗，来自于每一次心灵的惊悸与阵痛。雷平阳曾自忖"我很乐意成为一个茧人，缩身于乡愁"。而吊诡的是一再抒写和反刍"故乡"的人最终却没有安身立命之所。这就是雷平阳的写作宿命。而"云南血统"的复活与再生不能不以巨大的尴尬、失落、撕裂为代价。在此，诗歌成了致幻剂，也成了精神安慰剂。这样产生的必然是汉语和内心的双重"乡愁"。作为时代中时时"后视"与"前瞻"的写作者和精神"内视"者，雷平阳获得了同时代人少有的精神愿景和清晰的方向性。尽管雷平阳的很多诗作带有"云南"的"关键词"和"地方志"基因，但他并不是一个观念性的"地方"写作者。雷平阳并不是一个抱有野心抒写"历史"的人，尽管他在诗歌中呈现的身份性是明确的，但是他建立某种"诗歌秩序"的努力也是存在的。雷平阳更像是一个充满野心的土司，企图为内心与自然重建和规划一种精神空间与秩序。然而这只能是一场新时代的幻梦，但是其必要性却毋庸置疑。这一切呈现和印证了关涉本土"现实"话语的焦灼和失语症状。

无论是对于一条消失的小路，一座颓圮的寺庙，还是对于一条流到中途就消失的河流，他都在承受虚无和迷幻的过程中呈现出关于"时代废弃物"的孤独追挽。这种暂时逃逸紧张"当下"的精神出游以及往返于"云南血统"的过程极不轻松。雷平阳似乎一直在现实和文字中的云南空间寻找古诗所云的"我心安处是故乡"，也一直在与现实和尘世抗争中于纸上搭建一片旷野和一座寺庙。但是，既然我们能够再造城市却不能再造故乡，既然我们不能重返过去又不能超越当下，那么焦虑和紧张感就必然一直紧紧伴生在雷平阳的云南空间里。

雷平阳是一个"笨拙"的写作者。他不会取巧，即使是对于极其细小的虫草和石块他也必须弯下腰去翻检和察看。频生的细节纹理、鲜活震惊的意象、本真莫名的经验、捶打的精神渊薮、深沉的文化关怀、生命烛照以及带有寓言性、叙事化的笔调印证了他不是单一视域的观察者。雷平阳的写作"在场"而又"超拔"，尤其是其寓言性质素非常显豁。这不仅涉及对"现实"的提升和转化能力，而且关于个人化的历史想象力。

迷离惝恍又真切刻骨都统一在呛人鼻息搅拌血液的诗歌氛围之中。

当一个诗人在石灰水泥覆盖的空间"失魂落魄"地寻找"神性""圣词""历史""人性""根性"的时候，我们不能不说这就是真正意义上的化血为墨迹的阵痛。雷平阳的诗歌写作在不断印证着一个不断重临的时代话题，同时这也是一个时代诗人所必须面对的难题。换言之我们都在谈论诗歌与时代、现实的关联，而我们却时刻在漠视这些日常生活的真实景观与诗歌镜像之间的关系。雷平阳的诗歌是对世纪初以来流行的阶层抒情、乡土叙事、底层神话、"道德"律令沉疴的警告与提请。雷平阳的诗歌写作已经证明诗人绝非为了"流行"和"道德"而沦为庸俗的耽溺者与记录员。

多年来我一直看到的雷平阳是一个别于他人的存在。这个差别来自于他在这个时代葆有的独立精神禀赋和刻骨蚀心的持守。读雷平阳的诗歌绝对不是一件轻松的事情。

雷平阳的诗歌既有一部分来自于真切的"本事"，又一直带有强烈的虚设的寓言性特征。而这些经过语言之根、文化之思、想象之力和命运之痛所一起"虚拟""再生"的寓言化景象实则比现实中的那些景观原型更具有持久、震撼、真实的力量。雷平阳的长诗《祭父帖》《渡口》《春风咒》《里面》《去白衣寨》等完成了对"家族本事""精神盘诘""现代性咒语"道成肉身般的锥心自省与艰难探询。其完成的是质疑之诗，也是确定之诗。其戏剧性的结构、暗沉的智性深度、寓言的惝恍塑造、日常的无常观照、精神世界的艰深挖掘以及个人化历史想象力的超拔都令人称叹。他用"诗歌现实"完成了个人、日常、历史与修辞场域间的精神"摆渡"并最终确认诗歌作为一种"特殊真理"与人性法度的重要性。虚诞、撕裂、阵痛、敬畏的精神直抵人心与时代。

那是一个云南的秋日午后。院子与翠湖只有一墙之隔。湖边游人如织，院内空有巨树两棵。阳光抖落在城市的院子里，我们已久不闻内心的咆哮之声。

　　在那个渐渐到来的黄昏，我想到的是孔子的一句话："出入无时，莫知其乡。"

从蓝房子到母语的蜗牛

回家了！回到了出发点。但你
看见奥德赛仍在海上漂浮。他回避了"回"

回，回到哪儿？源头？一扇为你打开的门？
想一想和尚手上转动的念珠
想一想铁笼里来回走动的豹

生活：你绕某个发光的东西打转
或者：你被某个黑暗的东西缠绕？

你移居罗马，永恒之城的环城线
露出天坛喊声迭起的回音壁
你在北京三环开车，拥堵的车道
让你爬成热锅上一只焦躁的蚂蚁

"回"用秒针的速度捅开
年轮背后的谜：漂泊，即磨亮念珠

举杯吧，为此刻。锚固定着色子般打转的漩涡！

在这个匆促奔忙的时代，我们可以重新"回"到哪里去呢？

李笠，这个名字太中国化了。那一个特殊的"笠"字，我每每想到中国农耕、山水和隐逸化的斗笠、蓑衣、秋雨、寒江、霜雪。但是每次见到李笠，我都会面对他特殊的外形在想，寒冷而晴朗的北欧对这位中国诗人和翻译家到底产生了多么不可思议的影响。他的长发，深邃的眼睛，沙哑却略带磁性的嗓音以及"三分忧伤，两分孤傲"让很多女孩子都会产生身在异国的幻觉和想象——"狂跳的钢琴左键一定就是咆哮的铜锣／汉语中多情的李笠一定就是／在瑞典语雪中行走的冷漠的Li Li／谁也无法说出自己究竟是谁"。

当李笠在2014年10月海南的阳光下于一棵巨大的棕榈树下挥毫泼溅着墨汁写下几个斗大的汉字，我有些释然——这是一个真正的汉语诗人，尽管他濡染了北欧的文化和语言甚至生活方式已经几十年。每次见到李笠或者偶尔读他的诗，我都会不自觉地想到北欧茫茫雪野中那种特殊的忧郁。李笠是瑞典诗人尤其是特朗斯特罗姆的最重要的中文译者——甚至不可替代。而距离斯德哥尔摩两个车程的小岛上那所属于诗人特朗斯特罗姆的蓝房子总会让人想到一个来自东方的诗歌翻译者，想到一个花园里同一种语言两个母语之间的交流、会心和碰撞。2015年3月27日特朗斯特罗姆的辞世似乎又意味着瑞典一个时代诗歌的结束。

1990年8月4日清晨。北岛和李笠乘船前往那所蓝房子，结果却坐过了站，被抛在另一个不知名的岛上。而下一班船要等好几个钟头。李笠用熟练的瑞典语说服了一个住在岛上的老头，老头用汽艇把他们送过去并最终说什么也不肯收钱。这是北岛后来回忆中的一个细节。但是，瑞典这个"安宁的王国"那个夏天却并未能融化两个中国诗人心中的冰雪寒彻。20年后，当他们在青海湖相遇，那个电梯里的黑暗却在无声弥漫。

在2014年的初秋，我和李笠在三亚的阳光中谈论起当年流落海外的诗人。此时，很多诗人也已离会，阔大酒店的临水酒吧外喷泉的声音格外响亮。期间，李笠谈到了北岛的一些往事。对于当事人而言，很多感触是我这样的旁观者所无法完全理解的。但是，我想，无论是对于李笠还是对于仍身处海外的北岛而言，那所北欧的蓝房子永远都不可能替代"母语的乡愁"。那所蓝房子曾成为中国诗人不断仰望的神圣诗歌居所，但是对于一个诗人来说只有母语才是根底，"黑暗里的大雪。失眠的台灯/我，温驯的汉语，坐在灯下/用冰冷的瑞典语写诗……"。我想到了一只蜗牛，背负着母语缓缓地潜行在"回家"的路上。身居上海和大理两地的李笠近年来写下大量的诗歌。这些诗歌更多的时候李笠只是给值得信任的朋友阅读。我也算是其中的一个吧！如今比较完整地阅读李笠的诗歌，我所面对的不只是语言和修辞，还有着背后特殊的命运遭际和现实感怀。尤其是对于李笠这样一个有着常年异域生活经验和写作视野的诗人而言，他面向内心和现实的诗歌似乎具有更多的声部和发声的可能性。而他不无大胆甚至触及禁忌"起底"式的诗歌话语方式在今天看来仍会引起一些人的不解甚至不满。但是，对于诗歌写作而言，我们必须维护的是母语的权利和自由书写的能力。李笠的诗歌记忆中出现最多的就是苦难的"父亲"形象。这一形象的精神隐喻显然远远大于真实的日常生活（或者作为历史的日常生活）那一部分。

李笠将这本诗集的题目最终改定为"回家"。这是多么地意味深长！

我在这些诗行的背后看到了长长的海岸线和山脉，还有黑夜中一个个游动的悬崖。大海上的那根漂木。一个诗人回家的行迹艰难坎坷。"是时候了，和你朝夕相处的瑞典花园告别！"当这个声音经由一个海外漂泊生活写作多年的诗人口中说出，我们必须正视写作和生存的双重难度。这是"灵魂的归来"，这也必将使你浑身战栗。但是，李笠更为可贵和清醒地继续追问——回到哪里呢？真的能够彻底"归来"吗？"归来"靠什么支撑？有这样一个永恒坚固的"巴比之塔"吗？

你必须生活在"当下"，诗歌也只能由此发生、分蘖——在汽车尾气、雾霾和拥堵中谈论"母语"和"灵魂"以及"生活"。应该说《告别》这首诗不只是属于李笠个人的，也一定程度上代表了当代汉语诗歌写作的某种命运和寓言，"应该是30度，而不是13度/应该穿汗衫，而不是穿着厚毛衣/应该知了在叫，而不是因花粉过敏而不住流泪/应该用汉语倒酒，而不是用瑞典语说禅/应该和旧友坐在亭中看燕子归来/而不是和五岁女儿在黄昏躲避劫食的黄蜂…… // 是时候了，和你朝夕相处的瑞典花园告别！/ 再见，礼花般喷射的无名野花！/ 你们照亮五月，让孤独看见复活的腐尸/再见，玉兰！/ 你为四月接风的高脚杯让我目光升到云霄/但一阵突来的寒流/让你的热忱坠回攥拳的花苞，怀孕但不再产育的痛苦"。"应该"一词呈现了词语背后的精神难度，而诗中反复出现的东方和古诗中的意象、词语和形象曾一度在中国当代诗人那里缺失或滥用。当然也并非意味着这些物象和意象就必然代表了母语，尤其是在现代诗歌经验如此繁复的今天，这些语词的生命力和有效性值得重新过滤甚至再造，但是一味地搁置母语确实是很多中国当代诗人不争的事实。中国当代诗歌曾一度面向西方，被认为这是唯一的语言花园甚至精神天堂——那些被玫瑰、火焰、教堂和圣杯所"升华""救赎""改造"的中国诗人。可是几十年之后当这些诗人集体转身，他们却悲剧性地发现自己离一个国家和母语和本土性现实越来越远。那么多中国诗人的背后都站立着高大的西方大师们的雕塑，那些阴影仍在一些诗人欣欣然的仿写、重写和翻译体的写作中加深。如果考虑这样一个写作背景和精神境遇，李笠的"告别"和"回家"则带有一代人精神写作史的意义。

值得注意的是，在李笠"回到"母语、自然、城市和生活的"中国现场"时，他一直在用两个或更多个声调在发声，相互比较，彼此打开，不断摩擦和盘诘。我喜欢经过摩擦和龃龉之后发出的声音，我认为李笠在一定程度上正是一种"反刍"式的写作——咀嚼、搅拌、糅合、吞咽、消化。

李笠的语言自觉和反思式的提请非常重要，这不是简单地回到母语之根和灵魂之岸的过程，因为母语变了、现实变了、母语指向的历史和文化场域以及时代境遇也完全不同了——这一切亦如"忽然冒出稻田的银行大楼"。在一个城市化的今天，写作遇到的难题和现实一样吊诡、尴尬、分裂、悖论、茫然。这也正是李笠写作遇到的问题。他要不断迎拒，不断做出选择和放弃。那些流水、江南、古镇、胡同重新回到李笠这里的时候他必须做出语言上的应对，因为这一切以及背后的指向都发生了近乎翻天覆地的变化。与此相应，李笠诗歌的现实指向性和个人化的历史想象力非常突出，而能够将二者同时凸显在诗歌中的当代诗人少之又少——"抖颤的石板桥/被落日折成穷人的背/未来或过去从对面走来"。同时，李笠的现实指向性的方式并非是时下流行的道德判断和题材伦理优胜论调，而是在再现中有还原和发现——"把一桶粪便倒入河里，然后在里面洗菜"。这条河既是现实的又是历史的，既是日常不洁的又是精神观照的。这个至关重要。反之，诗歌很容易沦为生活的简单仿写，而丧失语言、修辞和想象力的"现实感"和提升超拔的能力。

在场而又离场，现实而又反现实，实际上很多写作了几十年的诗人都没有明白这个道理。

李笠的诗歌没有素材洁癖。他能够很好地处理那些看起来"不洁"的素材，比如他诗歌中经常出现的隐喻层面上的"妓女"。这样的写作不仅有难度，而且还与一个诗人的"形象"有关。很多的诗人形象是被刻意塑造出来的——文化的伪装、语言的伪装、道德的伪装——而不是真实的。我喜欢真实、真诚的诗人形象。必须强调的是，这一形象的"真实度"不是道德上的，而是修辞上的。

李笠的诗也大体是日常之诗，很多是围绕着个体经验展开，真实而不拘泥，想象而适度地对现场和细节予以变形，而不是"用游客的方式观望"。李笠诗歌里有岁月的遗照，重新检视一个个碎片刺目而捶心。李笠有时候也是义愤填膺做刑天舞干戚状。我理解他的不满、沉郁和愤怒，但是对于诗歌写作而言这种"怨愤诗学"有时候也会对诗歌产生一定伤害。态度离现实太近就是双刃剑。

去年，我和李笠在三亚的山顶平台，大家都吃着自助餐，唯独我们却喝着浓烈的白酒。你深入人群又与他们有所不同。也许，这正是诗人的化身。你的背后是北欧那所晴空下的蓝房子，面前是滚滚如沸的生活现场。

在很多时代，很多东西都是速朽的。那么，诗歌是什么呢？诗歌能携带我们的灵魂停留或回溯到哪里去呢？

打开"丛书"的远方

楼梯昏暗。因为每层的灯泡
都已烧坏。没有人负责更换
或者即使有人在他家的门前
换上新的。但不超过一星期
灯泡就会失踪，带着它的新鲜的光明

电灯开关还在。在幽暗中
它还有一小部分面孔流露出来
像是这座居民楼的良心
或是有关它的良心的隐喻
一种多余的动作把在开关上
酣睡的尘土抱到
我右手食指的小床上。突然间
黝黑的指纹：似乎能对付一切
假如有一张天堂的传票需要凭按
完全可以不用殷红的印泥
我坐在十五层的一级楼梯上
感到整座大楼就像黑夜的一个鸟巢
像是有巨大的翅膀摩挲我的困倦

在那里，没有任何阴影能够存活

幽灵和我挤靠在一起，呼吸着宁静和往事

——臧棣《在楼梯上》

2015年的春深时节，海棠花满树夭夭。臧棣偶然说起他父母的居所，我竟然发现我住的老式楼房只与他们隔着一条马路。这必然是一种因果。

想想，读臧棣的诗已经有近20年的光景了，和臧棣交往也很多年，可是我一直没有对臧棣的诗歌有完整性的发言。在我看来，解读臧棣的诗歌是有难度的。在2004年首都师大的校园读诗会臧棣的专场我没有露面。这实际上也是我对诗歌和臧棣的尊重，说实话，那时我不一定能够完全读懂臧棣这样一个特殊的诗人。这样说并非意味着臧棣及其诗不可解读，其实有几篇关于臧棣的评论非常精准。在石家庄陈超老师的诗学课上，陈超曾经细读过臧棣的《菠菜》那首诗："美丽的菠菜不曾把你/藏在它们的绿衬衣里/你甚至没有穿过/任何一种绿颜色的衬衣，/你回避了这样的形象/而我能更清楚地记得/你深默的肉体就像/一粒极端的种子/为什么菠菜看起来/是美丽的？为什么/我知道你会想到/但不会提出这样的问题？/我冲洗菠菜时感到/它们碧绿的质量摸上去/就像是我和植物的孩子/如此，菠菜回答了/我们怎样才能在我们的生活中/看见对他们来说，并不存在的天使的问题/菠菜的美丽是脆弱的/当我们面对一个只有50平方米的/标准空间时，鲜明的菠菜/是最脆弱的政治。表面上，/它们有些零乱，不

135

易清理；/它们的美丽也可以说/是由烦琐的力量来维持的/而它们的营养纠正了/它们的价格，不左也不右"。洪子诚先生在北京新诗课堂上也曾与学生细读过此诗。因为多年来我喜欢在春天时节吃菠菜，又往往有些不合时宜地想到老家的菜园。就这样多年来臧棣的绿绿的菠菜作为"一种日常生活"一直挥之不去。记得当年河北师大校园里有一个女生爱穿绿裙子，我就禁不住想到臧棣诗歌中的"绿颜色的衬衣"。这也是我当时对青春的理解和假借——美丽而脆弱，日常而恍惚。多年过去，而当臧棣的诗集稿电子版在2015年春天发给我的时候，第一首诗竟然还是与日常生活的"蔬菜"（比如还写到"最好吃的西红柿""西红柿城堡""好色的蔬菜"等诗）相关的诗《芹菜的琴丛书》。我喜欢那根日常的"碧绿的琴弦"，也许只有诗人通过语言能够去弹拨它特殊的声响。我也好奇为什么臧棣在这本诗集中那么多次写到蔬菜，新鲜的颜色醒目的蔬菜，那些红通通圆滚滚的诗歌中的"西红柿"表达了什么？这可能就是属于臧棣的特殊方式的"日常化精神隐喻"。而有时候元写作意义上的"诗歌红""诗歌绿""诗歌氨基酸"就是臧棣对这些物象之象征所在和精神指向的最好回答。有时候借助于蔬菜这些最日常之物臧棣也暧昧地笑着，玩点反拨惯性和"反思想"的"后空翻"一样的游戏。

那就从这个"丛书"的第一页开始读下去吧！

实际上，臧棣的诗歌在解读的时候可以有很多着陆点和入口。而我想就诗界对他谈论得相对较少的那个点切入。这就是臧棣诗歌的"日常表述"。

臧棣近年来写作了大量"丛书""协会"系列的诗。有时候我也很好奇，如果把这些诗题目当中的"丛书""协会"二字去掉，会对诗歌的整体品质有怎样的影响呢？当臧棣看到我这个疑问，他肯定会笑起来。这可能正是诗人的品性使然。具体对于那些"丛书"而言，臧棣有着他自己的写作策略和姿态——相互假借的譬喻方式，这多少带有点诗人特殊的精神"癖好"。

我在读北岛《今天》民刊的时候，在读者来信中有一个北京的中学生引起了我的注意。这个中学生叫臧力，我们知道臧棣的本名就是臧力。在2015年春天的中国现代文学馆研讨会后午饭的时候，我向臧棣求证此事。他当时也有些恍惚，还有这事儿？臧棣说自己也记不清了，但是当时北京有好几个叫臧力的，于是他就改了名。四月的窗外，院子里那棵巨大的海棠满树繁花开得有些夸张而惨烈。不管当年给《今天》编辑部写信的那个中学生是不是臧棣已经不太重要了。重要的是写作的命运。

后来，臧棣曾经在那篇举国搅动的长篇访谈中批评过北岛，这甚至还成了一段时间内诗歌界关注和评骘的焦点。也曾有诗人和媒体向我问及此事，我都避而不谈。我想说的是，只要不涉及人身攻击，讨论在诗歌范围之内就是正常合理的事情。尤其对于中国诗人而言，从来都不可能有"共识"和"团结"的事儿，而很多诗人沆瀣一气倒是显豁的事实。那么从这一点上来说，臧棣在文章里批评北岛是无可厚非的，也许这在一些诗人看来属于诗歌"话语权"的争夺。至于其中臧棣的观点和姿态则必然因旁人不同的评价标准而会有大相径庭的观感。还是搁置这个难缠的问题，回到臧棣的诗歌本身。

在诗歌圈，我曾听闻持不同诗学态度的人对臧棣的批评和微词，甚至有人说臧棣想当北京诗歌界的"老大"。嘿嘿，这多少有些戏剧性和黑色幽默的成分。但是，这个问题与我无关，可能与臧棣也无关。在我与臧棣的交往中我觉得和他谈论诗歌和见面都很舒服。这个没有办法，物以类聚，人以群分。当然，就诗歌写作自身而言，我对臧棣的一部分诗还是抱有保留态度的。但是将臧棣置放于20世纪90年代以来的诗歌话语谱系当中，其重要性甚至不可替代性是不言而喻的。可以说，臧棣是具有"资历"的诗人中少数越写越好的诗人之一。

我尤其喜欢臧棣诗歌的"精神譬喻学"和特殊的"转喻"方式——相似性、距离感和差异性的奇妙而战栗的糅合。这也是通过诗歌的方式对语言、现实和时间的重组和再塑。臧棣的诗有时候看起来总是在顾左右而言他，绕来绕去旁敲侧击，但是仔细阅读会发现又几乎没有一个词语是多余的，总是在层层递进。这些词语也大体是在一首诗中发生的精神原点上聚拢。这个很重要，尤其是对于写作的话语习惯表达多少成为惯性的时候。

我喜欢臧棣的诗歌来自于其"日常细节"但是又能够予以精神超拔甚至自我寓言化的写作方式。很多人指认臧棣是技术派和风格癖，甚至属于炫技派，我却对此不以为然。我会一再强调"日常生活"在臧棣诗歌中的无处不在的重要性（包括有对雾霾和北京特大暴雨这样的"大现实"题材的处理），一再强调他的技术和及物性之间的关系。这就是臧棣诗歌的调性特征。

再明确一点说，我认为臧棣是最为谙熟日常生活与写作转换的"互文性"奥秘的诗人。其中最为重要的就是对日常的语言发现和修辞提升。这实际上恰恰进一步维护了修辞的合法性，为新诗的话语合法性辩护。如果一个诗人只在表层意义上"从日常到日常"，这该是多么平庸！而恰恰是很多诗人的"日常写作"不是建立于个体主体性和感受力基础之上的"灵魂的激荡"，更多是沦为"记录表皮疼痛的日记"。很多诗人写作现实的时候缺乏必要的转换、过滤、变形和提升的能力。当臧棣的这种"日常"的细节化、精神性、象征性和修辞化融合在一起的时候，我们就会发现这种更为"内在的及物性"话语方式在20世纪90年代诗歌话语谱系中的重要性。而在同时代的诗人那里，并不乏见精神性甚至个体乌托邦以及向西方文学大师致敬的对话调性的仿写者，但是他们缺少的就是本土经验与语言的容留能力。而臧棣的诗歌恰好有力地回应了诗学问题——修辞、风格、技术、经验、日常的复杂关系。臧棣在20世纪90年代有一首诗几乎从来没有人提及过——《在楼梯上》，"我坐在十五层的一级楼梯上/感到整座大楼就像黑夜的一个鸟巢/像是有巨大的翅膀摩挲我的困倦/在那里，没有任何阴影能够存活/幽灵和我挤靠在一起，呼吸着宁静和往事"。臧棣的这首诗歌非常好地将经验、现实和想象整体性融合起来，从而在诗歌的戏剧化和叙事性中呈现了一个特殊时代的知识分子的灵魂与思想方式。没有像当时其他的诗人那样将情感、理性放置在虚幻高蹈的乌托邦世界，诗人是在我们无比熟悉的生活场景中极其深邃地掘进了生活和当代人精神世界的双重黑暗与虚空。偶然停开的电梯将阴郁和黑暗中的真实一层层袒露出来。电梯和楼梯，丢失或损坏的灯泡显然构置成了极富象征意味的戏剧性场景。而电灯的开关则是戏剧性场景中最为关键的道具，它打开的不仅是楼道中的现实，而且还关涉着城市生活的精神事实。更富戏剧性甚至也更为荒诞的却在于楼道里的电灯本应带来的光亮却在诗歌的语言化和生存的真实场景中被一再搁置，"明亮"成了缺席者。而那些损坏或失踪的灯泡正在使整座居民楼微微颤动，这就是精神事实和主观性主体对现实的再造。一段攀爬中的黑暗和身上沾染的灰尘都证实了生活是如此地实实在在，又是如此实实在在地被日常化的飞速上升和下降的电梯式的现代都市生活所遮蔽和隐瞒。生存的真实场景的一角被诗人有力地掀开。那扑面而来的可能正是每一个人都蒙在鼓里又不敢正视的场景。而我们见证了诗人在日常化的生存场景中以冷峻的智性和观照给我们带来的寒冷的闪电与灵魂的惊悸。

这就是在"已知"中寻找"未知"，涉及日常的话就是"日常的语言文化再生产"。

诗歌"风箱"内部的黑暗与天空的闪电恰好就是诗人要去发现的互补性空间。

对于臧棣来说，对日常神秘性、隐喻性和未知性的着迷与对语言修辞和经验的着迷本来就是一体的。正如臧棣自己说的："日常领域是非常暧昧和神秘的，我着迷的仍是现实的抽象性。日常领域，日常事物，日常经验，对我来说，是需要用一种艺术实验才能抵达或捕捉的境界。"情感的物化，自然的情感化，日常的经验化，真实的内在化，经验的寓言化——这就是臧棣日常表述中不可绕开的部分。

对于日常情境和愈益吊诡难以想象的中国现实而言，我们没有必要去探究臧棣所说的"必要的天使"是什么。但是在暗夜里，医院的迷宫和颠簸的时间波涛里，我们体验到了疾病、领略了黑暗，还有一丝丝来自于日常的恐惧和追挽。

也许这就是诗人的命运——将命运转换为诗，将现实提升为语言。

城市里的菠菜地：它神秘地消失了

如果我有一小片地

我最想种的就是几畦子菠菜

我就可以在每个周末

煮上一大锅菠菜汤

把全北京的诗人们都叫过来

就菠菜汤喝二锅头

喝醉了就发发牢骚吹吹牛

把手机关掉，把时钟调慢

让心灵找到水牛耕田的节奏

这个念头一旦出现

就让我有点急不可耐

从天安门到天通苑，从朝阳区

到西三环。我首先要找到一块

还没来得及被水泥吃掉的泥土

一个夜晚，我穿过无数条街道

又绕过几个高架桥

突然就找到一片废弃的工地

有几个晚上我要去松土

就找来了铁锹和锄头

我像一个经验丰富的老农

还弄出了整齐的垄沟

春不误种，秋不误收

我很快就收到了

老父亲寄来的一包菠菜种

可接下来的无数个日子

我却再也找不到那块地了

还是穿过那些街道

还是绕过那几个高架桥

我整好的那块土地

它神秘地消失了

实在是没有别的办法了呀伙计

我只好把这包绿油油的菠菜种

全都埋进了自己的身体

——邰筐《菠菜地》

　　当邰筐写下城市里的那块虚妄无着的菠菜地的时候，他一定
要接受唯一的一个结果——这块城市里的菠菜地神秘地消失了。
这似乎可以对应小说中的魔幻现实主义。这是真实超越虚构的修
辞年代。

　　而对于"70后"一代人而言，城市化时代的到来让他们成了
异乡人。乡土经验和城市境遇之间的矛盾在他们的诗歌写作中呈
现为对话、诘问的紧张感。这一代诗人的城市化抒写更多带有现

实的批判性、乡土的追忆感以及强烈的生命体验、历史化的想象力和整体的寓言性特征。

在"70后"这一代人幼小的心灵深处，城市曾经是如此充满魔力地召唤着他们。城市的柏油路、拖拉机、大卡车、电影院、录像厅、游乐园、新华书店、高楼、电车、花花绿绿的食品，都像一个巨大的魔方和万花筒吸附着他们。但是，当这一代人真的有一天集体性地在城市中生存和挣扎的时候，一种本源性的与土地的亲近和对水泥和物欲的排斥却让他们对城市心存芥蒂甚至怀有本能性的恐惧。这注定了"70后"一代人永远都不可能真正地拥有城市。布满地下室、陷阱和脚手架的城市，就像一个极容易使生命失重、精神失衡、道德失范的黑匣子，令每一个"70后"诗人显得弱小、卑微，类似于一株株的蕨类植物。

面对着发着高烧却陌生、冷漠、面无表情的城市，"70后"诗人该如何面对身置其中，他们该如何首先面对一个个生命真实而荒芜的身体，然后再对待他们同样真实而尴尬的灵魂？在城乡的十字路口，一代人该何去何从？这也是"70后"诗歌针对"返乡"和"离乡"的最无奈、最尖锐的困惑："我从地上的火车走出，又钻进/地下的。这一回/铁皮箱子里充实了很多。各种焦虑的味儿/往鼻子里扑//乡间公路上的小公共像过期的面包/却没有黄油来点缀。它停顿/没有任何预兆。狂风转着圈过来/又突然离去"（马骅：《一年中的最后一天》）。

作为一代人，面对着城市生活这一庞然大物的无限扩张和占有，"70后"诗人在他们的病痛和诗歌中到底完成怎样的命名？是就此束手就擒，完全屈服于历史的车轮，还是有所辩驳，以示人与精神面对物质的最终强大？其中具有敏识的"70后"诗人已经清醒地意识到在城市面前他们永远是尴尬而陌生的外来者和异乡人，"异乡的人，在极度的怀念中/跌倒"（马骅：《唐朝诗人》）。也正基于此，诗人认识到只有乡村的事物和记忆才能够唤醒生命的沉睡与麻木。所以，城市不能不是他们与生俱来的噩梦与炼狱，"当那辆公交车把更多的人抛在一个冷冰冰的城市里，而把它的乘客带到了麦香四溢的平墩湖和一些其他的乡村，我又一次相信，在一个黎明到来之前，总有一些事物会先于世界醒来。那就是一些人自然的命运，和一个人自由的心灵与自在的诗歌。那就是黄河以南长江以北、沂河以东沭河以西的一个也许你一生都不曾到过的村庄——麦子和石榴树、灰斑鸠和红月季的村庄"（江非）。

在承认了城市历史的力量并确认为是暴力之后，很快，"70后"诗人就开始了他们的反驳与较量。在比楼群更高的地方开始尽量以虚妄的理性高蹈来俯瞰这个世界，"这些楼群在都市里走秀，/长腿、平胸、价格之臀乱扭。/我总希望从天上，从/草场一样枯荣的云层中/杀出一队阿提拉、成吉思汗/或者帖木儿"（胡续冬：《楼群》）。他们在去除城市神话的同时也清醒地认识到城市生存压力的巨大挤迫，尽管这种挤迫是以讽刺的姿态进入诗歌文本，"要想到国贸大厦顶上眺望日落/必须先登上三十六层楼的高空/可以乘电梯，如坐上一块马尔克斯的魔毯/后工业的速度，让你发出对物质的喟叹"（邰筐：《在国贸大厦顶上眺望日落》）。在现实中无法立足的诗人们，终于被现实挤到了更高更寒冷的地方，并冒充虚无的上帝——那虚设的最高道德伦理来评判眼前的一切。而在这场评判里，他们几乎毫不犹豫就复仇般的把眼前地景象指认为是患了失忆症的痴呆者。"70后"，这些城市废墟下的蟋蟀仍在疲弱中坚持着乡土的歌唱。一代人在乡愁下的抒情就不能不充满了悖论与尴尬。在城市的牢笼里，他们的诗作布满了深深的时间焦虑症，所视犹如病痛，犹如体内的桃花在短暂的饱满、红润过后就是长久的荒芜。在"70后"一代人的生存景观以及诗学意义上城市，已经成为后工业化时代的黑色寓言。这让人想起了当年波德莱尔的城市和街区。

在"70后"的城市抒写中我们可以看到城市已经成为巨大的漩涡，诗人的任何呐喊或者叹息都被席卷得悄无声息。城市是陌生而虚假的，城市这巨大的消费机器带给一代人的是无尽的挑战与尴尬，是一代人的梦魇："在深圳／欢乐谷和世界之窗正成为盛大的舞会／我像任何一名观光客一样／但更是冷漠的摄像机"（育邦：《南方印象》）。姜涛的《鸟经》则构筑了城市中的这样一种真实：现在和过去、命定与偶然、俗世与想象，人世的沧桑在纠缠着一个深夜中难以安睡的身影。这是一个在僵硬冰冷的水泥都市仍对过往或理想而"抱残守缺"的灵魂。诗人没有忘记"没有一首诗能阻挡坦克"，当然更没有一首诗能够阻挡乡村的消逝，能够阻挡城市巨大的推土机和搅拌机。但是，在这场不可阻挡的无烟之战的城市里，"70后"诗人们不约而同地领认了他们的"幽灵"身份。这一个个幽灵就是一个个匍匐在地的荒诞的小甲虫："把生活变成异域，把你的胸膛／变成一个可以狂欢的漫长郊区／正是在那里，一个外省的小提琴手／渴望被倾听。他在咖啡馆和地下室／之间往返，像一个过时的幽灵……"（蒋浩：

《陷落》)。一群无法趋时的诗人，就像这些"外省"的小提琴手那样，在曲终人散之后显得抑郁而悲伤，尴尬而彷徨。而他们所能做的也只能是看着那些"城市事件"一件一件在眼前荒诞上演。

对于这一代人来说，他们还没有完全适应轰响的火车，城市就为他们打开了一场更大的漂泊和茫然的风暴。

他们看见了火车，也看见了比火车还要快的工业时代和城市化进程，"火车像一只苞米/剥开铁皮/里面是一排排座位//我想象搓掉饱满的苞米粒一样/把一排排座位上的人/从火车上脱离下来//剩下的火车/一节一节堆放在城郊/而我收获的这些人/多么零散地散落在/通往新城市的铁轨上/我该怎样把他们带回到田野"（刘川：《拯救火车》）。谢湘南的一些关于城市和新兴产业工人题材的诗作呈现了一种冷静、寒峻的质地。在他的这些诗歌里生活泛着铁轨一般冷冷的寒光。卑微的生命就像在惯性中被命运的砧板反复地敲打然后冷冻的肉羹。这些和诗人一起来到了城市中的新兴产业工人，这些打工的女孩子，她们在异乡咀嚼着自己的辛酸苦辣。当甘蔗成为她们生活中一点卑微的幸福时，她们也成了另一张工业和城市嘴里被咀嚼的甘蔗。她们曾经鲜灵、生动，但最终却只能被工业时代的牙齿咀嚼、消化。如果说当年郭小川诗歌中的甘蔗林意象象征了诗人对新的社会生活的憧憬和赞颂的话，在谢湘南这里这些廉价的"甘蔗"反倒成了苦涩、卑微甚至痛苦的一代人的集体的城市象征。这一代人，当他们进入城市选择了流浪之后，他们就同时选择了不归之路。他们只是一群无根的异乡人，他们首先要接受的就是眼前的工业齿轮的咬啮和吞噬，"风扇静止／毛巾静止／口杯和牙刷静止／邻床正演绎着张学友／旅行袋静止／横七竖八的衣和裤静止／绿色的拖鞋和红色的塑胶桶静止"（谢湘南：《呼吸》）。在这首接近于静止的令人窒息的冷色调的诗歌里，我们看到的是定格的、放大的琐碎日常细节，感受到的是活在异乡都市工业底层的一代人的沉重。我们嗅到了光洁的城市广场下面的黑暗、潮湿与腐臭，也感觉到了在一条锈迹斑斑扭曲的管道里那些修检者因为不得不常年弯腰而在里面忍受着关节疼痛。

1994年，安石榴从广西来到深圳。

"深圳"作为中国一个最具城市力量和工业化色彩的背景和表征也一并出现在了他的诗歌中。在这个城市里落寞与惆怅让诗人成了一个反讽意味十足的醉酒者甚至酗酒者。他一次次在深夜提着燃烧的酒瓶，嘶哑着嗓子唱："我携带酗酒的美德／饮遍南方的街巷"（安石榴：《我携带酗酒的美德》）。而现在的安石榴，经由深圳、广州、中山和银川辗转来到了北京的一个城郊。在"70后"诗人这里对城市的态度不能不是尴尬、无奈，而这种尴尬和无奈体现在诗歌中就是一种强烈的质疑和反讽的语气。在康城的诗作中"广州"也同样是被工业和欲望之"酒"迷醉的畸形产物。在城市里一代人的精神是那么疲惫而衰老，生活是那么冷漠而虚假。"70后"诗人就像城市里充满了浓重忧郁的秋日，一遍一遍在歌唱着被羁绊的灵魂和孤独。

在"城市"这个场域中一代人的诗歌命运是沉重的。他们企图通过诗歌这座教堂和十字架来进行救赎，但结果却只能面对"那头更大的狮子"显露出诗人的尴尬、泪水，低下自己的头。

而江非的临沂城也是一个十足的充满了死亡、病痛、黑暗和荒诞的现代寓言，"……临沂城适合死亡/死亡永远只有一次"（江非：《临沂城不欢迎妓女》）。在对城市的叙写中"70后"诗人除了在记忆和现场不断反观斑驳繁杂的感受、体验和想象之外，还在城市的黑暗和眩晕中强烈地感受到了时间和死亡的阴影。城市生存现场的压力构成了另外一种恐惧，让人时时处于死亡恐惧当中。诗人无情地撕开了城市和商业的虚假的遮羞布，让人看见了一个肮脏、情欲、淫乱的城市时代，"上海外滩活像被污辱后/光明正大卖淫的我的邻居小丽//她的内裤常年晒在东方明珠上/精斑累累，仍然有嫖客练习"（余丛：《上海一景或小丽的故事》）。

在廖伟棠的眼里，城市和无限加速度的市场巨兽就如一支嘈杂的无处不在欺骗的军队和暴力的军火。时代和生存这把钢锯已在无情撕裂着诗人的良知和灵魂。在工业和市场的庞大机器中生命像上足了马力的发条，却在强大的他者惯性中丧失了自我意识。城市中的一个个灵魂都被锈蚀掉了，"齿轮挤榨着心脏直到世界被鲜血染黄/发条弹了出来因为我在把自己剥开"（廖伟棠：《发条橙之歌》）。基于此，廖伟棠不得不以反讽、悲愤甚至痛哭的方式来面对一个时代的冷酷，面对提前窥到的一场熊熊大火背后的灰烬和寒冷。李建春也在他的诗歌中对城市市场的"好天气"不断地予以质疑，"这些都很好。工业，速度，一部分事物已成传统，/一部分躺在公社水坝下像残留的骨骸。/而深圳的海边冲刷着不安"（李建春：《三年，从广州回湖北》）。当工业"骑士"、饕餮的物欲盛宴成为时代的偶像甚至唯一的选择，当钢筋水泥的灰色建筑构筑成了都市的冷漠表情，诗人们开始怀疑一切，并对"故乡记忆"产生了无限渴望。在都市与乡村、现在与过往中，诗人以近乎反讽的姿态呈现了工业时代城市生活的悖论。在黑色的城市背景上，城市生存中巨大的焦虑与不安却像长着巨大独眼的蝙蝠在黑色的河流上尖叫。在胡续冬这里，城市生存的紧张、底层的悲凉、人性的荒芜、时代的压力也以相当戏谑的口吻、繁复怪异的意象、高速的令人眩晕的诗歌节奏呈现出来："张三砸锅，李四卖血/王二麻子的艾滋病老婆/还在陪客人过夜。只有俺/过得排场，戴墨镜、穿皮鞋，/尿尿都尿在中关村大街。//'毕业证、身份证、发票、刻章……'//安阳的收破烂，信阳的/摆地摊。就数咱/敢摸北大屁股，吃/豹子胆：黑压压聚成一团/堵南来的马车、北往的客官。"（胡续冬：《毕业证、身份证、发票、刻章……》）。胡续冬的这首《毕业证、身份证、发票、刻章……》无疑掀开了北京这个政治、文化、经济中心城市油腻腻一角的锈迹斑驳下水管道。我们看到和北京大学一墙之隔的中关村，那些街面上办假证、发票，背着娃卖毛片的嘈杂的黑色人群，看到了他们生存的难度。

当深圳的富士康公司投资一百万人民币成立诗歌协会的时候，我们该如何认识诗歌与工业和城市公共空间之间的关系？这个时代的诗人是否与城市之间建立起了共识度和认同感？

1936年卓别林拍摄的《摩登时代》正在21世纪的社会主义中国上演——人与机器的战争。对于当年的曼德尔施塔姆而言，城市在诗歌中尽管是悲剧性的，但是仍然是熟悉的，"我回到我的城市，熟悉如眼泪，/如静脉，如童年的腮腺炎"。但是对于谢湘

150

南这样经历了由乡村到城市的剧烈时代转捩的一代人而言，他们仿佛是突然之间由乡村被空投到城市。由此，卡夫卡式的陌生、分裂、紧张、焦灼成了谢湘南这样的"异乡人"集体性的时代体验和诗歌话语的精神征候。

"他们都是异乡人，像我一样。"这句15年前的诗句一直都没有离开过谢湘南这样一个"异乡人"最为挣扎、纠结、疼痛和惊悸的内心。

当诗歌不得不参与现实生活，那么这种写作也不能不是沉重的。写作就此不能不成为一种命运。这让我想到了吉尔·德勒兹的一句话，就写作和语言而言，"精神病的可能和谵妄的现实是如何介入这一过程的？"当下诗人的写作与现实场域之间越来越发生着焦灼的关联，甚至社会学一度压抑了诗歌美学。谢湘南在城市里写下的是"我在孤独的深圳"。谢湘南以影响焦虑症的话语方式印证了一种典型性的个人存在和"异乡人"身份在当代中国城市化进程中的命运。命定的"离乡"和无法再次回到的"故乡"，罗渡村和深圳成为双向拉扯的力量。谢湘南与城市的关系是从零点开始的，"零点的搬运工"。零点，既是昨天的结束，也是今天的开始。这种过渡和含混正是城市所天生具有的，它是如此的含混、暧昧、扭曲。

城市里的波西米亚者和午夜幽灵一样的精神游荡者已经从波德莱尔的巴黎来到谢湘南的深圳！

谢湘南的诗歌呈现了语言现实和社会现实之间巨大的摩擦力和临床一样的病理特征。值得注意的是，谢湘南的诗体现了真正意义上的文化、生命和时代伦理等多个层面下的身体诗学和病症式的写作方式。正如诗人自己所说："病（或痛苦）成了生活的母体，一定程度上也成了诗歌的母体。"

病态城市文化的癫痫症状以及日常状态的极其琐屑、平庸的后遗症和并发症成了诗歌写作不可回避的现实。谢湘南的诗歌带有敏感、焦虑、多思、脆弱的呼吸不匀的紧张感和失调特征。城市在谢湘南这里更大程度上像一个浑身病症的存在。城市被命运化和身体化了，这就规避了当下的那些看似现实却与城市现实无关的伦理化写作趋向的危险。谢湘南的诗歌中存在着大量的数字——这些数字代表了时间、号码、价钱、公交车站、居所、工厂、病房、死亡、身体、体重、身份、街区、楼层、路程等的陌生化变迁和难以适从的焦虑心理。曾经的故地、故乡和乡土已经成了拆迁的城市化时代的一个个被操作和涂抹的经济利益驱动的抽象数字。被机器碾碎的身体以及因为各种事件、事故和意外死亡的人成为一个个身份不明的群体性数字。一个个地方和空间已经在不复存在中成为痛苦的记忆。一个去除地方和地方性知识的时代已经到来。谢湘南式的命运的数字化和数字化的命名极其准确地对应了当下时代个体存在的真实状态。谢湘南很多的诗歌类似于具有象征性的"便条集"和穿越了空间的抽样式的百科全书式的写作方式。他总是尽可能地将各色人物、场景、事物、事件等碎片化的现实以共时性的方式拼贴、挤压在一起。这样密集而快速的意象话语空间就形成了空前的紧张感和压迫感。晚近时期的谢湘南在诗歌中越来越清晰地呈现了一个清醒、审慎的具有自身和救赎意识的形象。这是一个在城市空间和现代工业流水线拒绝被复制和同一化而仍存在独立意志和自我意识的写作者。

城市依然存在，机器依然轰鸣，物质依然流淌，但一代人依然无法做出最后的决定。他们依然像一群被鬼驱使的幽灵，在中国城市的大街小巷面色凄惶，内心忧伤。

在"70后"的诗歌谱系中尤其是在对城市的抒写中，邰筐是一个具有相当个性又具有普泛象征性、代表性的诗人。对于邰筐而言，在当下这个时代诗歌就是一张灵魂整洁的过滤器，"是诗歌一次次把我从俗世的喧嚣和物欲红尘中救起，它就像一张灵魂过滤网，让我尽量保持内心的干净"。

1971年寒冷的冬天，邰筐在山东临沂的古墩庄降生。当1979年父亲带回来的红色封皮的《毛泽东诗词》被一双黑乎乎的小手和同样弱小的红通通的心灵所一起接受的时候，注定包括邰筐在内的"70后"一代诗人的命运是如此的坎坷跌宕。邰筐在1996年9月用7天的时间走完长达2100里的沂河的壮举对其诗歌写作的帮助，以及对文化地理学意义上的乡村和城市的重新确认都大有裨益。如果说当年的芒克、多多、根子、林莽等人是为白洋淀写诗，海子为麦地写诗，于坚为尚义街6号写诗，那么邰筐就是为临沂、沂河和曲柳河写诗，为他所熟知的这些事物再次命名。邰筐诗歌中的城市和事物更多是浸染了深秋或寒冬的底色，尽管诗人更多的是以平静、客观、朴素甚至谐趣来完成一次次的抒情和叙写。如果说优异的诗人应为读者、批评者、诗人同行以及时代提供一张可供参照、分析、归纳的报告的话，邰筐就在其列。邰筐的诗与欺骗和短视绝缘，他的诗以特有的存在方式呈现了存在本身的谬误和紧张。工业文明狂飙突进、农耕情怀的全面陷落，"心灵与农村的软"与"生存与城市的硬"就是如此充满悖论地进入了生活，进入了诗歌，也进入了疼痛。在邰筐的诗歌中我们不仅可以日渐清晰地厘定一个诗人的写作成长史，更能呈现出一代人尴尬的生活史与生存史。诗歌和生存、城市与乡村以空前的强度和紧张感笼罩在"70后"一代人身上，"2004年一天的晚上，我来到了临沂城里。沿着东起基督教堂西至本城监狱的平安路往西走，妄图路过苗庄小区时，到在小区里买房子住下快有一年的邰筐家里留宿一宿，和他谈一些生活上的琐事，以及具体生活之外的人生小计，实在无话可说了，甚或也说一些有关诗歌的话题"（江非：《记事》）。当谈论诗歌的时候越来越少，当谈论生活的时候越来越多，甚至当沉重得连生活都不再谈论，这些在临沂城的某一个角落席地而坐的青年，似乎只有沉默和尴尬能够成为一代人的生存性格，甚至也可能正是一代人的集体宿命。

邰筐在经历20世纪90年代后期自觉的诗歌写作转换之后，他的诗歌视角更多地转向了城市。

收入"21世纪文学之星丛书"的诗集《凌晨三点的歌谣》就是邰筐在农村与城市的尴尬交锋中的疼痛而冷静的迹写。邰筐在城市中唱出的是"凌晨三点的歌谣"。凌晨三点——黑夜不是黑夜，白天不是白天。这正是城市所天生具有的，它是如此的含混、暧昧、扭曲。而挥舞着扫帚的清洁工、诗人、歌厅小姐、餐馆的小伙计在"黎明前最后黑暗"的时候的短暂相聚和离散正是都市的令人惊悚而习以为常的生活场景。而出现在"肮脏的城市"里的一个一年四季扭秧歌的"女疯子"无疑成了城市履带上最容易被忽略却又最具戏剧性的存在："这是四年前的事了/我每天回家的路上都会看到的一个场景/她似乎成了我生活的一个内容/如果哪天她没有出现，我总觉得少了点什么/甚至会有点惆怅和不安/她病了吗？还是离开了这座肮脏的城市/后来，她真的就消失了/好像从来都没出现过/每次经过那个路口/我都会不由自主地朝哪儿/看上一眼"（《扭秧歌的女疯子》）。2001年冬天，青年诗人邰筐发出的慨叹是"没有你的城市多么空旷"。如果说此时诗人还是为一个叫"二萍"的女子而在城市里感伤和尽显落寞，而没过多久连邰筐自己都没有预料到在扩建、拆迁和夷平的过程中他即将迎来另一个时代和城市生活——凌晨三点的时间过渡区域上尽是那些失眠、劳累、游荡、困顿、卖身、行乞、发疯、发病的灰蒙蒙的"人民"。邰筐、江非、轩辕轼轲三个年轻人在一个个午夜徘徊游荡在临沂城里——精神的游荡者已经在中国本土诞生。而在被新时代无情抛弃和毁掉的空间，邰筐写出的诗句是"没有人住的院落多么荒凉"。这种看似日常化的现实感和怀旧精神正在成为当代中国诗人叙事的一种命运。

2008年秋天，邰筐扛着一捆煎饼由山东临沂风尘仆仆赶到了北京。此时，山东平墩湖的诗人江非则举家来到了遥远海南的澄迈县城。我不知道这是不是一种巧合还是印证了我在《尴尬的一代》中对"70后"一代人诗歌写作和生活状态的一句话——漂泊的异乡。

似乎这一代人从一出生开始就不断追赶着时代这辆卡车后面翻滚的烟尘，试图在一个时代的尾声和另一个时代的序曲中能够存留生存的稳定和身份的确定。但是事实却是这一代人不断地寻找、不断地错位，不断在苍茫的异乡路上同时承担了现实生存和诗歌写作的尴尬与游离状态。城市生活正在扑面而来。可是当诗人再度转身，无比喧嚣的城市浮世绘竟然使人心惊肉跳。灵魂的惊悚和精神的迷醉状态以及身体感受力的日益损害和弱化都几乎前所未有。与此同时，面对着高耸强硬的城市景观，每个人都如此羞愧——羞愧于内心和生活的狭小支点在庞大的玻璃幕墙和高耸的城市面前的蒙羞和耻辱。诗人以冷峻的审视和知性的反讽以及人性的自审意识书写了寒冷、怪诞的城市化时代的寓言。而这些夹杂着真实与想象成分的白日梦所构成的寒冷、空无、疼痛与黑暗似乎让我们对城市化的时代丧失了耐心与信心。多年来，邰筐特殊的记者身份以及行走状态使得他的诗歌更为直接也更具有"白刀子进红刀子出"的凛冽和尖锐。而相应的诗歌语言方式上却是冷静和平淡的。这种冷峻的语言与热切的介入感形成了撕裂般的对比和反差。邰筐的诗歌保有了他一以贯之坚持的对现场尤其是城市现代化场景的不断发现、发掘甚至质疑的立场。在《地铁上》《登香山》《致波德莱尔》《活着多么奢侈呀……》《西三环过街天桥》《暮色里》等诗大抵都是对形形色色的城市样本的透析和检验。邰筐的诗歌，尤其是对城市怀有批判态度和重新发现的诗歌都印证了我对"70后"一代人的整体印象——他们成了在乡村和城市之间的尴尬不已的徘徊者和漂泊者。无论是城市还是乡村都不能成为这一代人的最终归宿。所以，邰筐在这些诗歌文本中所愿意做的就是用诗歌发声，尽管这种发声一次次遭受到了时代强大的挑战。由此，"像一个人一样活着"甚至"像诗人一样活着"的吁求就不能不是艰难的。

邰筐诗歌的视点既有直接指向城市空间的，又有来自于内心渊薮深处的。更为重要的还在于他并没有成为一个关于城市和这个时代的廉价的道德律令和伦理性写作者，而是发现了城市和存在表象背后的深层动因和晦暗的时代构造。他持续性的质疑、诘问和反讽意识则使得他的诗歌不断带有同时代诗人中少有的发现性质素。当临沂、沂河、曲柳河、平安路、苗庄小区、金雀山车站、人民医院以及人民广场、尚都嘉年华、星光超市、发廊、亚马逊洗浴中心、洗脚屋、按摩房、凯旋门酒店一起进入一个诗人生活的时候，城市不能不成为一代人的讽刺剧和昏黄遗照中的乡土挽歌。邰筐在天桥、地铁、车站、街头等这些标志性的城市公共空间里透析出残酷的真实和黑冷的本相。邰筐在这些为我们所熟悉的城市生活完成了类似于剥洋葱的工作。在他剥开我们自以为烂熟的城市的表层和虚饰的时候，他最终袒露给我们的是一个时代的痛，陌生的痛，异样的痛，麻木的痛，不知所措的痛。而"城市靠左""乡村靠右""我靠中间"正是一个清醒的观察者、测量者和诗歌写作者最为合宜的姿势。邰筐的敏识在于深深懂得诗歌写作绝不是用经验、道德和真诚能够完成的，所以他做到了冷静、客观、深入、持久而倔强的个性化的发声。邰筐所做过的工地钢筋工、摆地摊、推销员、小职员等近20个工种对他的人生历练和诗歌"知识"起到了不可替代的作用。值得注意的是，邰筐近期的诗作中时时出现一个"外省者"形象。他所承担的不只是一个城市化生活的尴尬寓言的发现，同时更为重要的是这个"外省者"的心态、视角能够更为有效地呈现城市生活中的"诗意"和"非诗意"地带。尤其是在《一个男人走着走着突然哭了起来》这首诗中，一个现实或想象中的城市"外乡人"感伤与哭泣正像当下时代的冷风景。这也是一个个作为城市生存者痛苦不已的灵魂史和精神见证，"他看上去和我一样/也是个外省男人/他孤单的身影/像一张移动的地图/他落寞的眼神/如两个漂泊的邮箱/他为什么哭呢/是不是和我一样/老家也有个四岁的女儿/是不是也刚刚接完/亲人的一个电话/或许他只是为越聚越重的暮色哭/为即将到来的漫长的黑夜哭/或许什么也不因为/他就是想大哭一场"。邰筐诗歌中的城市叙事具有大量的细节化特征，但是这些日常化的城市景观却在真实、客观、平静、朴素和谐谑的记录中具有了寓言性质和隐喻的特质。因为邰筐使诗歌真正地回到了生活和生存的冰点和沸点，从而在不断降临的寒冷与灼热中提前领受了一个时代的伤口或者一个时代不容辩白的剥夺。邰筐的很多相关诗作并不是现在流行的一般意义上的伦理性的涉及公共题材的"底层写作"，而是为这类题材的文本提供了丰富的启示性的精神元素以及撼动人心的想象力提升下的"现实感"。对于时下愈加流行的"打工诗歌"和"城市"写作我抱有某种警惕。这不仅是因为大量复制的毫无生命感以及个人化的历史想象力的缺失，而且还在于这种看起来"真实"和"疼痛"的诗歌类型恰恰是缺乏真实体验、语言良知以及想象力提升的。换言之，这种类型的诗歌文本不仅缺乏难度，而且缺乏"诚意"。吊诡的则是这些诗作中不断迭加的痛苦、泪水、死亡、病症。在这些诗歌的阅读中我越来越感觉到这些诗歌所处理的无论是个人经验还是"中国故事"都不是当下的。更多的诗人仍在自以为是又一厢情愿地凭借想象和伦理预设在写作。这些诗歌看起来无比真实但却充当了一个个粗鄙甚至蛮横的仿真器具。它们不仅达不到时下新闻和各种新媒体"直播"所造成的社会影响，而且就诗人能力、想象方式和修辞技艺而言它们也大多为庸常之作。我这样的说法只是想提醒当下的诗人们注意——越是流行的，越是有难度的。我不期望一拥而上的写作潮流。然而事实却是各种媒体和报刊尤其是"非虚构写作"现在已经大量是关于底层、打工、乡土、弱势群体、城中村、发廊女的苦难史和阶层控诉史。在社会学的层面我不否认自己是一个愤怒者，因为这个时代有那么多的虚假、不公、暴力和欲望。但是从诗歌自身而言我又是一个挑剔主义者，因为我们已经目睹了20世纪在运动和活动中，诗歌伤害的恰恰是自身。城市就像寒冷大雪背景中的那个锋利无比的打草机，撕碎了一个个曾经在农耕大地上生长的植物，也同时扑灭了内心向往的记忆灯盏。郊区、城乡接合部、城市里低矮的棚户区和高大的富人区都在呈现着无限加速的城市化和工业化进程中的现代病，而其间诗人的乡愁意识、外省身份、异乡病和焦灼感都"时代性"和命运性地凸现出来。

"70后"一代人在乡村和城市面对不是一个单纯的乡土主义者，更不是一个沉溺的城市市侩，而是在乡村和城市的左右夹击中受到无穷无尽的挤迫。所以，城市是黑色的，其发出的声调是反讽和严肃的夹杂。当城市化的进程不断无情而无可阻挡地推进，当黑色的时光在生命的躯体上留下越来越沉重的印痕，往日的乡土记忆就不能不以空前的强度扩散、漫涸开来。

"70后"诗歌在精神趋向上表现为典型的"返乡""离乡"。

而"离乡"，具体地说就是面对城市化、工业化和商业化在形态上表现为对于机器生产和疯狂交易的介入，在结局上则是对于因此而衍生的新的社会身份的确认和对抗。随着中国社会的转型，一代人离乡进城而随之出现相应的诗歌写作冲动。他们的诗歌在灵魂、情感的多重观照和折射中呈现出真实和独特，也从工厂、机器繁布的郊区、厂区和矿区等更为具体的现场传出了一代人对于尴尬的不适与呼喊。在中国先锋诗歌经历了20余年的发展之后，"70后"一代人的这种真实、独特，既来自经验又是来自想象的有活力的关注社会现实的诗歌写作，在涉及诗人如何有效地在尊重诗歌自身美学依据的同时，也为我们提出了诗歌如何承担时代和生存的责任。在群体性的尖锐的、敢于抗争的诗歌写作中，一个在冬日的寒光中脱掉粗糙工装、农装的人，破烂的工装和农装袒露着无尽汗水的苦涩。这也让人们领受了在一个空前复杂的时代背景中，一代人更为复杂的身份转换、价值观念转换所带来的真实影像及生命的"时间简史"。

"怀着共同的诗歌理想，走在不同的诗歌道路上"。

作为虚构与愿景的"骑士"

一接通电话，母亲就哭
没完没了地哭
像小时候，我在小河边丢了洗衣盆一样

她说一万块钱不见了
就藏在沙发洞里，是攒来修旧居的

像父亲一样，安慰她
在电话那头，好久，才停止了抽泣

一会儿，又接到她的电话，
能听出她满脸的笑
——找到了，就在沙发的缝里

我开始批评她，有钱自己用，不要攒
你的旧居，我们自有安排
嗯，好的，她不停地应着，像一个听话的女儿

旧居，是方言

坟墓的意思

——刘年《旧居》

在诗歌中"旧居"一词可以给出给多层面的精神指向。而刘年给出的则是——坟墓。

我曾经在给《人民文学》评年度奖的时候给刘年的组诗《虚构》写过颁奖词："组诗《虚构》是真实之诗，也是寓言之诗。他的赞美与批判不仅关涉个体性的现实，而且还关乎深层的命运感以及历史想象能力。他游走'边地'的抒写拨现了'地方性知识'在城市化时代的重要性。他诗歌的体温灼热滚烫，同时又冷静自持，可贵的是还持有疏离和提升的能力。这是一个朴素、厚道、可靠的写作者。他自我缩减的谦卑与敬畏的同时正是周边性隐秘世界不断打开的过程。个体乌托邦意义上的精神吁求适度而又让人心怀渴念。"

那次颁奖是在鲁迅文学院，颁奖结束时已近黄昏。我乘公交回家，而刘年则赶着奔赴另一个酒局。其间，我们一句话也没说，像极了两个不相干的人。

最早接触刘年，还是在滇南的第二十八届青春诗会上。那时的刘年只是一个"编外"的参会者。我记得他穿着类似于职业摄影师穿的褪了色的蓝色马甲，背着一个仿军用的绿色双肩背包，或扛或端着一个大块头的摄像机。刘年话非常少，乍一看还以为是随行的挑夫或马夫。在青春诗会结束后，我看到了那张他坐在滇南山中隧道铁轨上的照片。我想起了那时的惊雷滚滚和瓢泼大

162

雨，想到一行人在泥泞和风雨中艰难徒步。那么他们行走和写诗的最终目的是什么呢？在我看来这次行走实际上最接近于诗歌的本质——过程如此艰难，且结局也充满了诸多的不可预见性。而诗歌带给我们的安慰就如隧道尽头忽隐忽现的亮光。我们有时候是飞蛾，愿意扑火。而对于刘年来说则是"我写诗的时候，整个北京城都会安静下来"。我想这并非一种矫情，对于刘年这样的诗人来说，诗歌就是安身立命之所。

刘年，本名刘代福。这一个"福"字的气息让我想到的是乡下漆黑门框上手写的粗黑大字，闻到的是呛人的劣质烟草背后的朴素而温暖的愿望。但是，为了这一"福"字你必须付出代价。我最初以为刘年是云南人，后来才知道他是湖南永顺人。是的，刘年的诗歌中有烈酒气和冷森森直挑命门的剑气。这种酒气和烈气在胸中搅拌、蒸腾后就激荡成了一条大江。它们澎湃的时候惊天动地，它们安静的时候让你黯然神伤。我一次次在刘年的诗歌中看到他在江边蹲坐或躺卧，或者小兽一般地低低吼叫。后来刘年来北京，我们的见面也大体是在会场和饭桌上。感觉刘年喝酒不如以前那么生猛了，也不怎么直接跟我叫板了。在海南的夜色中，刘年穿着衣服短裤头直接扑进了黑沉沉的大海。而一次在我老家唐山曹妃甸湿地，他从船上也是直接跳进了水里。扑腾的水浪和浑浊的漩涡在那个北方的下午一直在搅动……

雷平阳曾说刘年是中国最具有骑士精神的诗人，刘年也在诗歌中应和"关于骑士，我认为是这样的/敬畏天地，给寡妇孤儿以帮助/防备女人，相信爱情/轻金钱、重荣誉、说真话/为多数人幸福而战。不背后拔剑"（《与雷平阳饮酒后作》）。于是不知道从何时开始刘年在我这里就突然改头换面成了刘骑士。而我每次见面也都高声喊他一"刘骑士"。尽管是一句看起来有些搞笑的说辞，却在内里上抵达了一个诗人的精神内核。是骑士，当然要有骑士精神。这自然缺不了一匹快马和一柄长剑，腰间也少不了一个酒葫芦，"有必要，虚构一个我，写字的这个，皱纹太多/在脸上，虚构一些笑容，在腰间，虚构一柄长剑/因为现实太硬，剑，有必要虚构它削铁如泥"（刘年：《虚构》）。马用来闲荡远游，剑也并不是简单的武器而是成了骑士的一个象征之物。当转换为诗人，"刘骑士"的马和剑和酒在诗歌中不断出现叠加。与此同时，我也越来越看到一个渐渐疲累的刘年，人到中年而胸中块垒并未曾全部融化的刘年。

有时候诗人就是给自己贴上"寻人启事"的人。是的，这必然是一个虚构出来的"刘骑士"——"有必要虚构一些纸，记录一些即将焚毁的事实/然后虚构一些事实，祭奠那些诚实的化为灰烬的纸"。实际上这一文字化的"骑士"是维持了个体主体性的"一个人"真实存在空间的支撑点。尽管这一支撑最终在强大的现实面前也必然是虚无和瘫毁的。而在内里上而言，尤其是精神性强大的诗人与"苦行僧"是相互打开彼此共通的。为了维持一种固有的根性，诗人又必然承担起挖掘人和汲水者甚至土拨鼠的角色，"时间和茂盛的言词不足以埋葬一切/一定能找到破碎的瓷器，证明历史的骨头/一定有土拨鼠在挖掘老栗树的根/于是，我把这个静如坟墓的废墟，命名为繁华"。最终淘洗上来的只是碎片和骨殖以及断根，连同带上来的还有黑夜一样的虚无无着。那么诗人就不能不虚妄、反讽、悖论，在修辞学上也不期然地成了"言不由衷""口是心非"的人，成了鲁迅笔下面对着坟墓和垂暮老人以及隐蔽在荆棘丛中小路上的夜行人。

刘年前一段时间也突然成了文坛关注的热点。

众所周知，是他最早在网络上发现了湖北一个叫余秀华的诗人。在余秀华还不为人知的时候，在一次诗歌评选活动中，我第一次集中阅读了余秀华的诗，我当时没有想到她是一个脑瘫者，而只是从诗人和诗歌的角度来衡量她的诗。在那一批参评的"70后"和"80后"的诗人当中，余秀华的诗是突出的。而当她成了中国文坛和文化界的一个事件，人们谈论更多的并不是她的诗歌，而是她的脑瘫、农妇和底层的身份。目下人们对余秀华或者谈论得过多，或者不屑一顾（尤其是在所谓的"专业诗人"圈内），但是真正细读余秀华诗歌的人倒是不多。撇开那些被媒体和标题党们滥用和夸大的《穿越大半个中国去睡你》，搁置诗歌之外的余秀华，实际上余秀华很多的诗歌是安静的、祈愿式的。而她那些优秀的诗作则往往是带有着"赞美残缺世界"态度的，尽管有反讽和劝慰彼此纠结的成分。比如她在2014年冬天写下的《赞美诗》——"这宁静的冬天/阳光好的日子，会觉得还可以活很久/甚至可以活出喜悦//黄昏在拉长，我喜欢这黄昏的时辰/喜欢一群麻雀儿无端落在屋脊上/又旋转着飞开//小小的翅膀扇动淡黄的光线/如同一个女人为了一个久远的事物/的战栗//经过了那么多灰心丧气的日子/麻雀还在飞，我还在搬弄旧书/玫瑰还有蕾//一朵云如一辆邮车/好消息从一个地方搬运到另一个地方/仿佛低下头看了看我"。

余秀华来北京参加在人民大学举办的诗歌朗诵会的时候还专

门给刘年提了一篮子鸡蛋。后来看到刘年，我就开他玩笑："土鸡蛋吃了效果确实不一样啊，越来越精神和高大上了。"刘年就嘿嘿地低笑。余秀华不仅送鸡蛋，而且还送诗给刘年，而这才是真正的诗人之间的相互理解和精神会心吧——"风吹四月，吹平原麦浪，麦芒响亮/一个男子在麦地里走，山在远方//灰房子，红房子，一个院子里曾晾晒他衣裳/一个男子站在山腰上，风吹红他胸膛//人间俱绿，形同哀伤/他的影子倒映在夕光上，海在远方//他的呼吸轻，但天地有回声/一棵野草也跟着摇晃//他说：万物生/我也在其中"。

从诗歌编辑的角度来说，刘年是有眼光和判断力的。那么具体到刘年自身的诗歌，我们该谈论什么呢？

刘年的诗歌在空间上让我们迎面与城市和乡村同时相撞，他是典型的焦灼痛感式写作的样本。说句实在话，刘年通过对城市和乡村以及自然空间的精神性再造让我们发现了日常的熟悉的又莫名陌生的"现实"。任何人都不能回到过去也难以超越当下，而恰恰是被二者之间的瓶颈处卡在那里艰难地喘息。刘年就是如此，企图再次坐上粗糙破旧但是温暖的牛车回到多年前缓慢的黄昏是不可能了。与此同时，在非虚构写作和抒写现实的底层和草根诗人那里，我却看到那么多的文学文本并没有提供给我们认识自我和社会现实的能见度。

面对愈益纷繁甚至陌生的中国现实，众多的阅读者和研究者显然并未从田野考察的角度和历史谱系学的方法关注普通人令人唏嘘感叹命运遭际背后更为复杂的根源、背景、动因、策略和文化意义。这大体印证了米沃什的"见证诗学"。

刘年的诗歌和生命体验直接对话，有痛感、真实、具体，是真正意义上的"命运之诗"。当然，这种日常现实写作的热情也伴随着一定的局限。很多诗人没有注意到日常现实转换为诗歌现实的难度，与此同时诗歌过于明显的题材化、伦理化、道德化和新闻化也使得诗歌的思想深度、想象力和提升能力受到挑战。这一现实景观不是建立于个体主体性和独特感受力基础之上的"灵魂的激荡"，而是沦为了"记录表皮疼痛的日记"。很多诗人写作现实的时候缺乏必要的转换、过滤、变形和提升的能力。大多当下的各种诗人大抵忘记了日常现实和诗歌"现实感"之间的差别。

刘年曾在说到诗人趣味的时候简略地提到诗歌的写作和发生，他做了一个假想性的例子倒是很有意思："诗人在写不出诗的时候，应当坐七个小时的汽车，再转三个小时的手扶拖拉机，去乡下找一个煮得一手好鱼的朋友。"这也许就是重新发现自我和生活的过程，也大体印证了写作与生活、经历的关系。或者说对于当下很多的诗人而言，他们每天都在看似抒写"现实"，但实际上他们太缺乏语言、修辞和想象力的"现实感"了。米沃什对20世纪的诗人就批评过他们缺乏这种"真实感"，而这到了21世纪的今天那些话却仍然有效。所以，文学没有进化论，有的只是老调重弹却时时奏效。而刘年恰恰通过多年的行走、田野践行和个人化的历史想象力重新发现了自我和现实。刘年曾在随笔中主张文人应该站在弱者的一方，实际上写作者自身在现实生活中本来就是弱者。也许，精神性的自我可以聊以慰藉滚滚尘埃中的苦痛。而刘年也曾一度在伦理化的怨愤和批判中来面对城市化的生活，但是经过调整，他的视角和态度已经具有了很大的包容性。是的，诗歌没有容留性就很容易成为自我耽溺的"纯诗"或大张旗鼓地日常化的仿写和吆喝过市的低廉道德的贩卖者。

刘年的诗歌是不乏戏剧性的。当年的艾略特曾将诗人的声音分为三种，无论是自我的独语，广场上的高声宣讲还是戏剧性的声音都构成了诗人众多声部中的重要所在。而就刘年而言，这种戏剧性的诗歌和声部呈现的不仅是"命运之诗"，而且也是关涉现实与生存甚至整体性时代的"寓言之诗"。因为你仍然可以在诗歌中自言自语，但是更多的诗人抬高了声调以便向身边的人、大街上的人、车站里的人说些什么——尽管这些话在大众和旁观者那里的作用远不如黑夜里一根针掉落水泥地上的倏忽之音。刘年也成了面孔略黑而赤红的"讲故事"的人，那些故事迷离惝恍又冷彻刺骨。甚至刘年诗歌中的叙事性和戏剧化的元素一度压制了抒情性的空间，密度和紧张感以及撕裂程度前所未有。实际上这种写作并不是个案，但是一定要提请注意的诗歌的方式与小说和非虚构之间的本质区别，反之很容易成为"叙事"的替代品或衍生物。

这种戏剧性既来自于刘年的诗歌调性和话语方式，也来自于日常生活自身的吊诡怪诞和难解："有一次，父亲说，他最大的梦想是去周围的县市去转一转。我说这个太容易了，等买了车之后，我们一家就去转。下一次回来，我才知道自己失去了一次多么宝贵的机会。世界上最远的距离，在生与死之间。"（《远》）这既是个人的现实，又是乡村的现实，也是更为中国化的当下的现实。由此生发出来的"戏剧性"对于很多人来说却是悲剧，那么沉浸在悲剧性体验中的人们该如何表达内心的苦痛以及更为重要的具有普世性的声音？比如刘年有这样的诗句："剥开一个橘子，酸涩是故乡的本质"（《火塘》），"旧居，是方言/坟墓的意思"（《旧居》），"布满血丝的泪眼，是一生都逃不出的故乡"（《游腊姑梯田，兼怀远人》）。据此，刘年也成了一个"病人"以及"故地"的"陌生人"，"画张自画像，像重症肝炎病人一样/让自己散发着黄金般的光芒"（《黄金时代》）。故乡是黑暗的充满了病痛甚至死亡不祥气息的所在，"故乡，是堂屋正中央/那一具漆黑的父亲的棺材"（《故乡》）。这既是个体的命运遭际和家族命运，也是整体性意义上的乡村寓言和精神征候史。如果说这一新世纪以来的乡村叙事对于文学史和中国社会史以及后来人还有意义的话，那就是多年之后的读者在那些发黄的书页间以及电子搜索引擎上看到的一个关键词——苦痛。

对于刘年来说，这种自嘲就是自省。我曾在很多文章中批评过新世纪以来诗人和写作者们过去强烈的伦理化判断。而我最终发现自己竟然也是其中的一员。那么。我对自己的反思也是对当下写作现实体验的诗人追问的是——这是否意味着诗歌要去接受"悲观主义、讽刺、苦涩、怀疑的训练"？

说到命运之诗，似乎也多少是一个可有可无的话题，因为这关乎每一个写作者的本源性命题，只不过在特殊的历史和现实节点上这一命运更多是带上了集体性的沉暗面影。从新世纪以来一种"寓言之诗"正在发生。

这一寓言化的写作所对应的正是吊诡怪诞的现实生活，而生活以及生活背后的情感、文化和道德机制的真实性已经超出了我们理解力和想象力的极限。也就是说这些诗歌相应地显得不太真实起来，但是在诗学和社会学的双重层面，这一"寓言之诗"却又恰恰是可靠和有效的。如果你读读刘年的诗歌和随笔等文字，你会发现一些场景、细节以及围绕其上的象征性和精神氛围介于真实和虚幻之间，恍如昨梦却又真实发生。

既然是骑士，就得去"远方"。

刘年这家伙看起来木讷、朴实，但是内心里有一个浪漫的柔软的湖，只不过他随时将烈酒投掷进去，随时可以燃烧起来。这是一个明知没有远方也要去涉险的执拗的湘西人，这是一个即使撞得头破血流但仍然怀有愿景和碎梦的家伙（比如他在一首关于洱海和诗人朋友的诗中将自己称为"段誉"）。

刘年的诗歌有很多惯用的祈愿和祈使句式，"我想……"在他的诗歌中频繁出现。这就是所谓的"现实白日梦"吧！刘年的这一祈愿总会让我想到当年海子的那句"我想有一所房子"中最关键的那个词"想"。而这正是现实与主观愿景和灵魂世界之间巨大的不对等性，其结果必然是沉暗莫名荆棘丛生的"精神无地"之所。如果你偏要再给这个时代的诗人带上花环，它也必然是荆棘编织而成。在此，《青海湖边的木屋》《虚构》《遥远的竹林》等就只能是个人虚幻的乌托邦了。这可能就是诗人的终极责任或归宿吧！

这是在实有和幻想的背包中放置了命运信札的人。有一次同行外出，刘年竟然背着一个超乎想象的巨大背包，这只包甚至比刘年的个子还高。他似乎真的要决意远行了。可是不久，他又出现在北京东三环的某个人声鼎沸的酒桌上。

刘年参加青春诗会出版的诗集命名为《远》。正如他自己所说——远方的远，远去的远，远不可及的远。这个拆迁法则下的时代空间正在被空前同一化，屏幕化的阅读方式取代了行走的能力，真正的远方似乎已经不再存在——所以"远方的远"不可能。那么"远去的远"作为过去时态和历史就只能是作为一种记忆和追怀了。而"远不可及的远"所对应的正是当下无诗意的生活和存在状态，这产生的就必然是无望、虚妄和撕裂以及尴尬的体验和想象。这三个虚无维度的"远"进入到刘年的精神世界和诗歌文本当中的时候，你面对的必然是粗粝、柔软、狂醉、木然、不甘、绝望的混杂相聚。既然"远"已经不现实，那么刘年就只能近乎决绝式地将自己置放在人群、闹市、客栈、寺庙和异地、逆旅之中。他时时回顾寻找自己的马匹和利刃，他也不得不一次次用烈酒去暂时麻醉自己，在雾霾的城市里面对已然逝去的乡村的黄昏，面对彷徨于无地的精神乡愁和一个浪子的回头无岸。

值得注意的是刘年也有一些"轻体量"的诗（比如《青龙峡的夜》《恒河》《辛卯中秋》）、三四行左右的断章体以及相当数量的十行之内的双行体诗（如《游大昭寺》《在吉首大学别余秀华》《喀拉峻的雪》《想买一辆养蜂车》《在头门港》《在涌泉镇》《老花铺》《梅里雪山》《在可汗宫酒店的阳台上》《深秋的睡莲》《黄金时代》《随想录》《冈拉梅朵客栈》《草山的星空》《临水塘小镇》《水滴》《萨荣的月亮》《藏香》《从碧色寨到芷村》《湘西土匪》《野鹿河》《游腊姑梯田，兼怀远人》《隐居》《胡家村记事》《语滴》《油菜芽》《子夜书》等）。我之所以罗列这些诗，更多是想提醒刘年自己多想想，而刘年的意见是还将继续写所谓的双行体。那就写着瞧吧！刘年的这些诗大多形制短小，抒情自我化较为明显，诗思也是碎片在寒夜的一闪而逝。但是，我认为"轻"应该是一根断枝落在母亲的白发上或者舌头接触到茫茫雪夜时的感受（比如《哀牢山》这样的诗），而不是一根羽毛落在雪地上。前者细小但是有精神势能，而后者则会使人产生精神的盲视而其影响约略为无。还有一点必须注意的是，这种十行之内短小的双行体长时间写下去的话会"打滑"的——无论是从写作惯性、结构、形制到抒情方式都会因为太过于熟练而缺乏生成性、陌生感以及滞涩摩擦感。

我喜欢有写作"野心"的人，因为在文学史常识看来写作就是"失败者"的事业。但是，写作真的没有胜利可言吗？我希望刘年说过的一句话能够在多年之后成为现实——"我希望，百年之后的某个雪夜，有个人看着我的诗歌，就像看着我一样，默默垂泪"。

"边地"是词语的悬崖

死得很干净，仅一张半寸照
也无从找到。身份证是多余的
可以剪下头像，通过扫描仪传递到
电脑。死者的头颅，重新在
photoshop中抬起，睁大眼睛
记住人间之痛。再转世，将会更加谨慎
放大。皱纹长在二十一英寸的屏幕上
像一块玻璃中暗藏的裂痕
擦掉翘起的头发，露出额上的荒凉
眼角的沧桑。他看起来
死去比活着还要年轻
去背景。清除黑色的网，魂就自由了
换成白底，换成天堂的颜色
在第二颗纽扣正下方，敲出四个字：
慈父遗像。仿宋三号，黑体加粗
像四只仙鹤驮着他，飞到云上
调色。补光。一条道走到黑，始见天日
在日益逼仄的尘世，找到属于自己的
一张A3铜版纸，可以装下半亩方塘

一缕炊烟，以及生的泪水和死的叹息

打印。装框。将血肉之躯

压成一张纸片，一个人的音容笑貌

被套进另一座牢，慢慢褪色

直到相框里的影像消失后

墙上挂着的，其实

仅仅是一张白纸

——王单单《遗像制作》

　　我还是想说说云南的诗人，尽管这一空间仍然带有"边地"的性质，但是这一"边地"也成了一个危险的悬崖。在这里写作，你必将是疼痛的。这类似于"遗像"制作的工作，因为很多事物都在迅速地消失。

　　王单单，这个家伙，短短的几年写诗都"写疯"啦！我这样说在于他不仅写作越来越放得开，不畏手畏脚，而且还在于不断生长出来的诗歌气象。连一向牛得不行的雷平阳都对"云南后生"王单单另眼相看。当然，作为云南诗人雷平阳对王单单的诗歌写作是有影响的。比如雷平阳《祭父帖》之后很多人都开始写什么什么帖之类的，甚至更为搞笑的是我看到一个女诗人的诗集里所有的"帖"都被弄成了"贴"。王单单也写了《书房帖》还有《祭父稿》这样的诗。帖不帖的都不重要，关键是真实的自己在发声。

　　王单单的"疯狂"是有根基和底气的。一定程度上我喜欢那些具有特殊癖性的诗人。这种癖性不是作怪、作秀、伪装和打扮，而是从本真的生命状态中生发出来的。这是生命力的真实的癖性，我喜欢。王单单身体生猛，年轻气盛，浑身在冬天都冒着力比多的热气。正如他自己所写的《自画像》：大地上漫游，写诗，喝酒，做梦。扁鼻子、平额，一颗凸起参差的虎牙，身材矮小，偶尔假笑、痴笑、癫狂、自言自语。

在2012年秋天云南蒙自的第二十八届青春诗会上，我第一次见到王单单。此前有几个云南人对我说一个叫王单单的镇雄诗人横空出世。那时我还不太相信，最多是看作本地诗人的互相吆喝。也是在滇南的夜色和秋雨里，我完整地读完了王单单参加青春诗会的组诗和长诗。我记住了那个地方——官抵坎。来自于阅读的信任是可靠的，起码在那时我认为这是一个确实有潜力的青年诗人。一见面，我就觉得王单单这个来自大山的家伙一脸坏笑嘻嘻哈哈，但是还惹人喜欢，起码不讨厌。我当了他的指导教师后，他一口一个地叫霍老师我也很受用。而我最认可的是在谈论诗歌的时候王单单的严肃、认真，接受批评。这也是他对诗歌极其认真尊敬的态度使得他能够在同龄人中能够继续走下去的深层原因。在碧色寨的漫天风雨和泥泞的山间路上，王单单等几个"80后"第一拨到达终点。年轻就是资本。此后我与王单单还在云南和武夷山过几次面，每次他都以威胁的口气我让我喝酒。在昆明的时候，那一次雷平阳外出，王单单眯缝着小眼睛坏笑着对我说："雷老师给我一个眼神我就能让你喝趴下。"这个家伙，居然敢造老师的反？

我曾在福建的南平大山深处对王单单说，写诗一定要沉住气，你有那么多可以抒写的故乡和痛苦作为精神资源，你应该多写写组诗，不要感觉来了东一榔头西一棒槌的。说实话要建立自己的精神谱系，这个很难。王单单点头称是，然后健步赶上前面来自台湾的女孩，热情有加，不知道是在谈诗还是在谈生活或是其他。在福州和武夷山的两岸青年诗人朗诵会上，王单单读了一首诗，里面用了大量的成语和古诗里的名句。他从舞台上下来我问他为什么这样写，他说这样显得有文化。我说诗歌不是知识，你不知道"诗有别才""诗有别趣"这一古训吗？他就在那嘿嘿笑。

我喜欢生活中兴冲冲的王单单。我不断看到他举着大碗喝酒，在滇池边扛着自行车秀肌肉的照片。有一次王单单搞怪把额前的一撮头发用发胶粘着立起来，像极了当年的铁臂阿童木。

当然，我更喜欢写作中能够抛去戾气和冲动的王单单。

拉杂这么多闲话，该说说写诗的王单单了。

王单单的诗歌中不断出现和重叠"上凹村""官抵坎""仙水窝凼"。这是一个制作"乡村遗像"的人。

乡村的"病灶"如今正在大面积发作。他在滇黔"边地"特殊环境下所塑造的某种躁烈甚至暴动性的性格特征和精神气象在语言和修辞上迫不及待地迸发出来。他的灼烧、隐痛、荒诞、分裂、叫嚷还有沉默似乎与这个时代达成了空前紧张的关系。他个性化的语言方式所达成的"精神现实"使得这个时代带有了诡谲和不可思议的寓言化特征。而对于王单单这样的年轻诗人而言，如何在维持诗歌本体并进一步拓展自我精神的同时避免过于明显和直接的"底层"写作伦理和道德化倾向也是一个不小的难题。

写作者的现实热望使得近年来的底层写作、打工写作和新乡土写作以"非虚构"的方式成为主流的文学趣味。尤其是王单单一系列写作"父亲"（比如《祭父稿》《遗像制作》《病父记》《父亲的外套》《一封信》《堆父亲》《自白书》）和"母亲"的诗，不仅与个体和家族有关，而且在我看来更与想象性的乡野历史和现实有关。可以说，王单单通过"父亲""母亲"的"寓言"重新发现、提升甚至再造了"现实"。"寓言"从来都不是与"现实"无关的"故事"和"道德说教"的寄生物。

而几年下来，我的担心是多余的，王单单迅速穿越了每一个人写作的"黑暗期"。而更为重要的是他以诗歌写作证明没有滥用"身份""生活""底层""乡土"和"苦难""贫穷"的权利，而是愈益成熟和老辣地将这一切转换为诗歌中的生命体验和"精神现实"。由此，我喜欢王单单这种"介入"和"疑问"同在的写作方式，而不是对现实生活表层的日常性仿写。他能够直接以诗歌和生命体验对话，有痛感、真实、具体，是真正意义上的"命运之诗"。这是建立于个体主体性和感受力基础之上的"灵魂的激荡"，而没有沦为"记录表皮疼痛的日记"。

我一直关心当下中国诗人的"形象"——通过语言现实构建起来的精神形象。那么，王单单是一个什么形象呢？我看到的是在黄昏暮晚，一个小伙子坐在镇雄的山冈上。头发被吹乱，眼神坚定又有些茫然，牛仔裤在攀爬过程中已经磨出了破洞。一个巨大的悖论是一个身处故乡的人却时时寻找故乡。这是一个必然因多痛多思而"精神失眠"的"寻魂"人。当他独自在山冈说出"晚安，镇雄"的时候一颗青春的灵魂却难以安枕。这与当年海子"面朝大海春暖花开"的语气多少有些相似，温暖的表象背后却是巨大的悲怆。

值得注意的是王单单诗歌中的私人空间和公共空间。与"自我"和"故地"相对的各种"异质性"的现代性空间在文本中不断叠加，甚至最终使人有些窒息得难以承受，"生于一九八二年，破折号指向未知/按照先后顺序，我走过A社、B镇、C县、D市/E省。壮志未酬，只能回到F村、G镇、H县等地/安身立命"。（王单单：《1982——》）这些空间的相互交错和特殊关系就形成了诗人的存在体验和想象视域。有时候王单单有意把"一个人"置放在具有原生性的大山、大原和大河深处，即使有莫名的孤独但也着实来得自在。

草木之心，乡野之心，孤佛之心，正与这滇中的山川草木相应而生。

王单单这种"痛感"式的写作在新世纪以来的诗坛并不乏见，甚至一度成为伦理化的写作热潮。多年前我也曾经说过诗歌绝不只是痛苦和眼泪，这种廉价的道德判断所产生的力量还不如直接贴小广告、写举报信或直接揍坏人一顿更来得痛快直接。因为，最终必然是诗歌自己在说话。王单单的一部分与此相关的诗确实有强烈地对城市化和现代性的尖利批判，在镇雄的黄昏、夜晚和凌晨他不断对那些现代性的幽灵抱以不满和疑问。但是，只有当这种道德化的判断更为无痕迹地化在诗歌中的时候，这才是王单单的意义。就着诗歌写作的道德判断和"乡愁"伦理我想强调的是，王单单的诗尽管有此倾向但却没有由此形成"素材洁癖"和"修辞道德感"。这个非常重要。进一步说王单单的诗是比较开阔的，即使在处理道德判断素材时也能呈现复杂性，而非把自己扮演成乡村的代言人和城市的掘墓者、送葬人。这不是单一美化，也不全是揭批痼疾，而是尽力作为一种还原的方式。也就是，王单单处于那样的地理文化空间和精神命运，他只能写这样的诗。实际上诗歌作为一种较劲、批判和还原还不够，诗歌必须具有"发现性"和"创设性"。我对王单单最满意的也是他一些诗歌中的这种"发现性"。由此，诗歌对于王单单来说更像是一次次"冲洗"。它拂去尘土和工业粉尘让人们重新看看那些被抛弃、掩埋、遗落和破碎的东西。我也希望这种发现性成为王单单写作的一个责任——诗人的责任、语言的责任。这才真正回到了那句古话"修辞立其诚，所以居业也"。年轻诗人可以生猛百无禁忌写作，但是千万不能世故油滑。王单单有时也和很多青年诗人一样有急于表达的心理，由此他也准备了一个"速写本"，看到什么就立刻描摹出来，比如王单单诗歌里时时出现的那些街边的"流民群像"。如果这样的诗作为一种写作积累是很好的事，但是作为每一首诗的"完成度"和诗歌之间的"区别度"而言，这些"小景""速写"显然还欠些火候。

每一个诗人都会有自己的诗歌腔调和语气。王单单的诗除了一部分具有沉滞黑暗质地的顿挫之声外，我更欣赏的是他在《滇黔边村》《后将进酒》等那些诗歌里所凸显拼贴、杂糅的半文半白近于调侃和严肃之间的"仿县志体"。这种语境差异明显甚至"驴唇不对马嘴"的话语腔调不仅深层次上与"民间""草民"的个人化历史想象力有关，更与"贱民""异教徒"的自我调侃和嘲讽有关。而嘲讽和戏谑的背后带来的另一种滋味的难以释怀的沉重才是这一腔调更能打动人的部分。王单单近期的诗歌中有大量的"成语"（包括惯用语、谚语和古诗名句）出现，且这些"成语"都带有普通人和乡野百姓的美好愿景的精神指向。但是这些"成语"在王单单制造的"反用"语境中却被转换成了解嘲的意味。换言之这些具有"农耕"特性的"美好的成语"在具体的现代性和城市化的现实情境中根本就不可能实现！

于此再与"诗人形象"联系在一起的话，王单单则是拿着凿子、锤子和斧头在城市和乡村中间地带的山地开凿并企图錾刻乡村墓志铭的人。

一

从"左岸"到中国咖啡馆

这时一个人走进咖啡馆，

在靠窗的悬在空中的位置上坐下，

他梦中常坐的地方。他属于没有童年

一开始就老去的一代。他的高龄

是一幅铅笔肖像中用橡皮轻轻擦去的

部分，早于鸟迹和词。人的一生

是一盒录像带，预先完成了实况制作，

从头开始播放。一切出现都在重复

曾经出现过的。一切已经逝去。

一个咖啡馆从另一个咖啡馆

漂了过来，中间经过了所有地址的

门牌号码，经过了手臂一样环绕的事物。

两个影子中的一个是复制品。两者的吻合

使人黯然神伤。"来点咖啡，来点糖"。

一杯咖啡从天外漂了过来，随后

是一只手，触到时间机器的一个按键，

上面写着：停止。

——欧阳江河《咖啡馆》

181

广场的时代已经远去了，更为休闲慵懒倦怠的公共空间成为普通人和文青的重要场域。咖啡馆与写作之间的关系已经越来越日常化了，说到咖啡馆与文学的关系，我首先想到的是法国的"左岸"。

左岸，即巴黎塞纳河的左岸。塞纳河从东南朝西北方向流入巴黎城。塞纳河的左岸也就是巴黎的南部，相对的右岸就是巴黎的东北部、北部和西北部。而左岸显然已经不再是一般的地理图景，而是带有了明显的人文性图景和区域性精神。尤其是在20世纪初到40年代，左岸的巴黎成为世界文化的中心。聚集在左岸的图书馆、出版社、杂志社、广场、咖啡馆、酒吧和客厅（著名的如哈列维沙龙）成为知识分子和社会精英的文化活动空间。而右岸显然成了中产或高层聚集的消闲娱乐之地。爱伦堡、马尔罗、纪德、布勒东、萨特、波伏娃、梅洛–庞蒂、法尔格等都经常出入于这里的咖啡馆和酒吧，甚至在波伏娃那里，咖啡馆已经取代了卧室和办公室。而咖啡馆成为重要的公共空间还与法国人的生活习惯有关，他们都是在自己客厅之外和朋友见面。来自于其他国家的自由知识分子和艺术家以及"流亡者"也在左岸寻求慰藉和庇护，如毕加索。蒙帕纳斯、双叟咖啡馆、圆顶咖啡馆、花神咖啡馆、丁香园咖啡馆（以聚集了不同时期的大量知名诗人而为人称道）等成了一个个最具象征性的文化地理坐标。显然这些咖啡馆和酒吧的形成以及影响不能不得力于巴黎左岸拉丁区的大学传统。实际上早在19世纪，左岸就因为拉丁区的大学传统和特有的人文魅力而形成了咖啡馆和酒吧的繁荣景象。这甚至形成了一个文化地缘的传统。海明威曾在小说《太阳照常升起》中借杰克·巴恩斯之口说出左岸对"迷惘的一代"的重要性，"不管你让出租车司机从右岸带你去蒙帕纳斯的哪家咖啡馆，他们都会把你拉到罗桐多去。十年后也许会是圆顶"。

咖啡馆作为重要的公共空间确实对于文学和艺术甚至是革命文艺都起到了很重要的作用。就连上海时期的鲁迅也经常出入位于四川北路1919号坐西向东的三层砖木结构的公咖啡馆。1927年10月3日，鲁迅和许广平经过一个多星期的辗转奔波终于抵达上海。从共和旅店、景云里29号、景云里18号、景云里19号、北四川路194号的拉摩斯公寓、施高塔路大陆新村9号（今山阴路132弄9号）以及内山书店、公咖啡馆等私人和公共空间里我们可以看到这一时期鲁迅的生活和写作状态与上海之间的复杂而特殊的关系。1995年，公咖啡馆因四川北路扩建而拆除，现址在虹口区多伦路88号。公咖啡馆由日本人设立，一层卖糖果、点心，二楼专喝咖啡。1930年2月16日"左联"筹备会（又称上海新文学运动讨论会）在公啡咖啡馆二楼召开。鲁迅在1930年2月26日的日记中记道："午后同柔石、雪峰出街饮加菲。"1934年萧红和萧军刚到上海时鲁迅就带着他们一起到公咖啡馆聊天、谈论文学。而对于当年太阳社和创造社成员鲁迅则不无揶揄道"洋楼高耸，前临阔街，门口是晶光闪灼的玻璃招牌，楼上是'我们今日文艺界上的名人'，或则高谈，或则沉思，面前是一大杯热气腾腾的无产阶级咖啡，远处是许许多多'醒觑的工农兵大众'，他们喝着，想着，谈着，指导着，获得着，那是，倒也实在是'理想的乐园'"。

16和17世纪英格兰经济发展和造酒业的推动使得酒馆成为重

要的公共空间并进而推动了戏剧和文学发展。而马克思则在那些烟雾弥漫、人声喧哗的小酒馆里发现了那些职业密谋者和作家、工人以及流浪者等构成的临时密谋者们"波西米亚人"的身影，"随着无产阶级密谋家组织的建立就产生了分工的必要。密谋家分为两类：一类是临时密谋家，即参与密谋，但本来有其他工作的工人，他们仅仅参加集会和时刻准备听候领导人的命令到达集合地点；一类是职业密谋家，他们把全部精力都花在密谋活动上，并以此为生。……这一类人的生活状况已经预先决定了他们的性格。……他们的生活动荡不安，与其说取决于他们的活动，不如说时常取决于偶然事件；他们的生活毫无规律，只有小酒馆——密谋家的见面处——才是他们经常歇脚的地方；他们结识的人必然是各种可疑的人"（《发达资本主义时代的抒情诗人》）。波德莱尔的《游历中的波西米亚人》、兰波的《我的波西米亚》都不断强化了寻求精神自由和人格独立的愿望。在中国文学史上，民国时期的北平、上海和南京、重庆等地的酒馆、茶楼和咖啡馆里到处可见这些精神上的波西米亚者。到了新中国成立之后，随着公共空间的完全政治化，这些文人的身影集体出现在会场、批斗会、"牛棚"和劳改农场里。1960到1990年间特殊的公共空间与私人空间的博弈甚至对立状态使得诗歌发展步履维艰。这些精神上的波西米亚者也才不断出现。所以直至20世纪80年代末期在王家新眼里，那些深夜赶来谈诗喝酒的诗人朋友们更像是"地下党人"。

　　随着时代以及公共空间的变化，我们看看在八九十年代的转折点上两个四川诗人笔下的咖啡馆。

欧阳江河在长诗《咖啡馆》（1991年）中完成的是一代人（"他属于没有童年／一开始就老去的一代"）的精神自传以及对时代、政治和集体命运的追挽。

　　尽管这首长诗中不断出现一个女性和异国的形象，但这仍然是一首名副其实的挽歌。这也是一代人的自画像："他们视咖啡馆为一个时代的良心。／国家与私生活之间一杯飘忽不定的咖啡／有时会从脸上浮现出来，但立即隐入／词语的覆盖。他们是在咖啡馆里写作／成长的一代人，名词在透过信仰之前／转移到动词，一切在动摇和变化，／没有什么事物是固定不变的。"

　　在欧阳江河这里，既体现了写作与国家之间的紧张关系，又不能不呈现尴尬和分裂性的私人生活与精神状态。值得注意的是，欧阳江河在这首长诗的广场和咖啡馆交错的空间场景中不断出现和叠加冬天的寒冷景象和精神氛围。而"1825年"这样具有历史重要性的时间提示，十二月党人、日瓦戈医生等这样极具象征性的形象以及"流亡""流放""灵魂""俄罗斯""国家""乌托邦"等精神性的词汇都使得这首诗歌具有浓重的历史感和担当精神。

　　仅仅一年之后，同样是四川诗人的翟永明在1992年完成的长诗《咖啡馆之歌》却呈现的是女性个体的物质生活和情感境遇。这与北岛、欧阳江河的一定程度上的精神乌托邦和理想主义困窘的话语方式迥异。

　　诗人截取了下午、晚上和凌晨三个具有特殊性和差别性的时间场景。翟永明在文本中设置了大量的毫无诗意的琐屑、平淡的对话。换言之，这已经不是一个谈论诗歌和真理的时代。在咖啡馆里分贝最高的是谈论社区、生活、异乡、性欲还有乏味爱情的声音，"上哪儿找／一张固定的床？"这是否成为咖啡馆这样的公共空间里最具私人性和身体性的追问？而公共空间沾染上的浓烈的情欲和身体味道几乎成了当下时代的寓言——"我在追忆／西北偏北的一个破旧的国家／／雨在下，你私下对我说／'去我家／还是回你家？'"

到了20世纪90年代后期，诗人们更为频繁地出入于咖啡馆、酒吧甚至星级或者洲际大酒店。尤其是在这一时期的女性写作那里，咖啡馆和酒吧更多地成为带有情欲和爱情憧憬的日常空间，"酒吧是一种建筑结构，是一座放满音箱、窗格、花朵、美酒的居室。直到如今，它的幽静而富丽的幻想吸引着爱情，博爱和思念的人们。春天，等到又一个春天到来的时候，那座酒吧等待着我们，就像世界敞开的居室"（海男：《酒吧》）。诗人也仍然在看似认真地讨论诗歌的历史和未来，但是诗人已经显得心不在焉或者力不从心！因为时代和生活的重心已经发生倾斜。尽管在那些五六十年代出生的诗人那里仍然会惯性地在这些公共空间里寻找精神和诗歌的意义，但是对于那些更为年轻的诗人而言咖啡馆也许与诗歌有关，但是更与越来越没有意义和丧失了精神性诉求的生活有关。正如姜涛所说"在海淀与农展馆之间，在北大的博雅塔与北师大的铁狮子坟之间，在上苑的小树林与摩登的酒吧之间，在一场接一场的酒局和长谈之间，并没有一种完整、统一的诗歌气质被发展出来"。

在咖啡馆里，色彩、香气、味道和醉意可以从一个瓶子或许多个瓶子里倒出来，从方形的、圆柱形的、圆锥形的、高的、矮的，棕色的、绿色的或红色的瓶子里倒出来——"可是你自己选的饮料是清咖啡，因为你相信巴黎本身就含有足够的酒精。随着晚上的时间消逝，就更会使人醉倒"。

在沈浩波这样2000年左右高举"下半身"大旗的诗人那里，咖啡馆也不能不带有青春期力比多和身体欲望的味道。新街口外北大街甲八号的福莱轩咖啡坊成为八九十年代北师大校园诗人伊沙、侯马、桑克、徐江、沈浩波等光顾、聚会的场所。

1999年3月12日，沈浩波在大学毕业前夕写下《福莱轩咖啡馆·点燃火焰的姑娘》。

当咖啡馆是和姑娘（"小姐"）置放在一起，我们可以约略知道这首发生于咖啡馆场所里诗人的精神指向："从今年开始我才刚刚是个男人//要不然就换杯咖啡吧/乳白色的羊毛衫落满灯光的印痕/爱笑的小姐绣口含春/带火焰的咖啡最适合夜间细品/它来自爱尔兰遥远的小城//你眼看着姑娘春葱似的指尖/你说小姐咖啡真浅/你眼看着晶莹的冰块落入汤勺/你眼看着姑娘将它温柔地点着//你说你真该把灯灭了/看看这温暖的咖啡馆堕入黑暗的世道/看看这跳跃着的微蓝的火苗/在姑娘柔软的体内轻轻燃烧"。

一年之后的夏天，还是在同一间咖啡馆。沈浩波在与于坚、伊沙、侯马、黎明鹏相聚谈诗。不久之后，沈浩波写下《从咖啡馆二楼往下看》。在二楼居高临下的视点里他不是在审察时代和人群，而是紧盯在那些穿着暴露的异性身上——

> 我一边听着
>
> 一边透过玻璃窗往下看

姑娘们正从对面的商场走出来

她们穿得很少

我看着她们

我晃动着大腿

　　不久之后，一场由咖啡馆开始的毁誉参半震惊诗坛的"70后""下半身"诗歌运动开始了！

　　多年之后，沈浩波如此回忆当时的情形："从2000年我与巫昂、尹丽川、朵渔、南人一起创办《下半身》诗歌杂志开始，这种声音就在催化着中国现代性诗歌精神的发育，我们从反叛、反抗、质疑甚至是粗暴的推翻开始加速着这一进程。从那时起，我的写作就是自觉的置身于强大现实中的写作，就是带有坚硬精神背景的先锋写作。多年过去了，多少当年和我一起先锋过的青年已经完全无以为继的时候，我自豪于自己没有背离写作的初衷。也曾经犹豫和停滞过，也曾经由于乡村生活的背景而放任过那种浪漫主义的软弱抒情的一面，但最终我却更为坚定的成为一个年近中年的'先锋派'。"（《中国诗歌的残忍与光荣》）

悬崖在哪里结束 （后记）

2015年夏天的一个阳光炽烈的下午，我和沈浩波躺在台湾海峡北海岸一块巨大的岩石上。岩石是温热的，海水在身边拍打、冲涌，这一时刻刚好适合来安睡。年轻的冯娜坐在礁石的一角，她给我们的是穿着淡绿花裙子的后背。不远处，一只白色的水鸟站立在大海的一根漂木上，漂来荡去如神祇安排在这个下午的一个小小雕塑。仰望着天空，沈浩波对我说，以前写过一句诗写的就是这片海岸——"连大海的怒涛都是温柔的回眸"。而差不多是在五年前，"话痨"胡续冬在淡金公路上也写下了这片北海岸，"转眼间的盘桓/转眼间的风和雾/转眼间，旧事如礁石/在浪头下变脸//一场急雨终于把东海/送进了车窗，我搂着它/汹涌的腰身，下车远去的/是一尊尊海边的福德正神"。而我在来之前，曾经在一张废旧的报纸上写下几个字："海岸聆风雨，江涛正起时。"

这不是一个启蒙的时代，启蒙在当下显得多么虚弱和矫情。这是□丝逆袭、阶层分野、乡村拆毁、娱乐泛滥、文化委顿的落寞年代。也许文字最终必将止于喧哗！图书馆的命运也并不见得比一个个被迅速拆毁的村庄更幸运，批评的命运也许更不容乐观。

当我和老家的朋友在秋天的雾霾中走向天安门灰蒙蒙的广

189

场，我更愿意在能见度空前降低的境遇下感受生活和写作之间的真正关系。

2004年6月20日，马骅（1972—2004）因意外消失在滚沸的澜沧江中。这个年轻人曾经对"70后"的诗人朋友说过："对于年轻的诗人们来说，他们最大的优势就是：他们还年轻，他们有足够的时间和精力、活力去发展，去等待那一个影子逐渐变得真切，直到有一天会被自己现实性地拥有。"可是，十几年后，这一代人已经渐渐老去了。而一个个游动的悬崖还在漫长的黑夜里。而多年来，我偶尔会想起马骅的那首诗《在变老之前远去》："幻想中的生活日渐稀薄，淡得没味/把过浓的胆汁冲淡为清水/少年仍用力奔跑/在月光里追着多余的自己远去//日子在街头一掠，手就抖起来/文字漏出指缝，纷纷扬扬/爬满了将倒的旧墙//脚面上的灰尘一直变幻，由苦渐咸/让模糊的风景改变了模样/双腿却不知强弱/在变老前踩着剩下的步点远去。"

那么，我们去哪里呢？什么能够让我们拥有那安心谛听和回溯时光暗流的那一刻——"多少年过去，多少地方多少脸都淡漠了，有的人已谢世，/而我站在远方，夜那么静，我终于肯定/我最怀念的，不是那些终将消逝的东西，而是鸟鸣时的那种宁静"（罗伯特·潘·沃伦）。

2013年5月1日，我和朋友从北京大学南门一家火锅店出来后在夜色里步行到附近的斯多格书乡。在几近干枯的万泉河边，我们竟然说起当年戈麦自沉之事。而回顾多年来的诗歌交往，我与当年的"地下"诗人和后来的先锋诗人都有着或深或浅的交往。有的只有一面或数面之缘，有的则成了忘年交。一个个彻夜长谈的情形如今已成斑驳旧梦。当然对于一些性格怪异和满身怪癖的诗人我也只能敬而远之。在偶尔的见面聊天和信件交往中我感受到那个已经渐渐逝去的先锋年代值得再次去回顾和重新发现。我希望列举出多年来我所交往的那些先锋诗人的名字，是他们在酒桌、茶馆和烟气弥漫的会场上的"现身说法"和别具特色的"口述史"让我决定了这一微观视野和细节史的地方性诗歌研究。

值得强调的是，从20世纪60年代开始的带有"异质性"与主流诗歌相异诗歌潮流中这些诗人都带有"密谋者"（"地下"沙龙，"地下"刊物）和波西米亚的特征。无论是"文革"时期知青点的串联和城市里的交游，还是80年代以校园为中心以四处游走为主要方式的诗歌交往，都体现了这一时期诗歌的叛逆精神和独立姿态。我们对这一时期诗人的印象就是他们集体奔走在通往各个城市和乡野的路上，火车、汽车、轮船和自行车上是一代人风中鼓荡的诗歌背包以及躁动不已、兴奋莫名的青春期的诗歌热情与冲动。由此我们也可以发现这一历史节点上诗歌鲜明的"地方性"和地理图景。沿着北京的13路车从西三环的玉渊潭公园出发，终点是东城区和平里北口。其间经过儿童医院、月坛、阜成门、白塔寺、张自忠路（铁狮子胡同）、船板胡同、宫门口横二条、三不老胡同、北海、地安门、锣鼓巷、国子监、雍和宫……这些地点曾经是"今天"诗人们在白天聚集、晚上闲游的场所。而蓝色封面的《今天》已经尘封进历史，曾经激情澎湃的理想主义的一代诗歌青年都已步入了老年的开端。很多诗人已经离开北京、离开北方去了遥远的大洋彼岸。当年午夜的诗歌声响已经恍如隔世。只能说"今天"作为北方诗学的象征仍然在延续着它罕见的诗歌传奇和文学史神话，而诗歌的理想时代已经远去了，"夜阑人静正是出门访友的好时光，深夜的北京又是另一番景致。有一夜我同于友泽去西单访友，当我们信步在阒无一人的长安街上，忽然听到一大阵扑扑噜噜的响声，就像无数蒙着布的鼓槌敲打着路面"（田晓青）。

而20世纪90年代以来，在一个全面拆毁"故地"和清除根系记忆的年代，诗人不只是水深火热的考察者、测量者、介入者甚至行动分子，还应该是清醒冷静的旁观者和自省者！这注定是一个没有"故乡"和"远方"的时代！城市化消除了"地方"以及"地方性知识"。同一化的建筑风貌和时代伦理使得我们面对的是没有"远方"的困顿和沉溺。极其吊诡的则是我们的"地方"和"故地"尽管就在身边，但我们却被强行地远离了它。而"地方"和"故地"的改变更是可怕和惊人，所以我们文字里携带的精神能量的地理空间成为不折不扣的乌有之乡。

曾经的乌托邦被异托邦取代。

1990年的春天，当王家新经过北京西北郊一片废弃的园林时，一群燕子正从头顶上飞过。面对着鸟声啁啾里春天，诗人却有恍如隔世的荒凉之感，因为寒冷的冬天和同样惊悸的体验却并未远去——"在那一刻，我想起了我们曾经历的苦难青春，想起那曾笼罩住我们不放的死亡，想到我们生命中的暴力和荒凉……"。这种压力和冲击在少数的先锋诗歌那里得到了回声，比如王家新《瓦雷金诺叙事曲》和《帕斯捷尔纳克》、欧阳江河的《傍晚穿过广场》、孟浪的《死亡进行曲》、陈超的《风车》和《我看见转世的桃花五种》、周伦佑的《刀锋二十首》等。

是的，文学中的晚年已经提前到来。

而当飞速疾驶的高铁抹平一个个起点和终点，诗歌就成了作为生存个体的诗人反复寻找、确认自我与"前路"的一种方式。在隆隆的推土机和拆迁队的叫嚣中，一切被"新时代"视为老旧的不合法的事物和景观都以不可思议的速度在消亡。然而诗人在此刻必须站到前台上来说话！在此诗人不自觉地让诗歌承担起了挽歌的艺术。那些黑色记忆正在诗歌场域中不断弥漫和加重。诗人所目睹的"时代风景"更多已经变形并且被修改甚至芟除。"真实之物"不仅不可预期而且虚无、滑稽、怪诞、分裂、震惊体验一次次向诗人袭来。诗人已经开始失重并且被时代巨大的离心力甩向虚无之地。很多诗人的写作是身不由己地从"故乡"和"异乡"开始的。现在看来"故乡"和"异乡"在"新时代"的命运用"震惊"一词已经不能完全呈现我们的不解以及愤怒。

在一本黑色的亡灵书上，时代和理想开始陷落。"失根"的漂泊状态和"异乡"的失重体验成为一代人的宿命表征、精神征候和时间简史。尽管作为出生地的故乡永远会成为心口反复裂开的伤疤，尽管诗人仍然试图一次次地"返回"，但是最终还是丧失了来路和精神出处。在此意义上这一代人续写的只能是"失败之书"。拆迁队和挖掘机以及强硬的GDP作为新时代的乌托邦迷恋不仅在拆毁着"旧宅"，更是在拆毁着"历史"和记忆。这一可怕而又不容置疑的斩草除根的过程使得诗人必然强行从前现代性的乡土中国中被拔离出来并如草芥一样被扔进烟尘滚滚的城市化和城镇化的道路上。

诗人目睹了一个个废墟。

对于怀念"乡土"却又最终失去"乡土"的这一代人，写作似乎正印证了"行走"诗学在当下的必要性和重要性。然而我们也必须要注意的是"行走"在这个时代的难度。这种难度不仅在于我们在集体的城市化和现代性、全球化时代"行走"方式发生了转换性的巨变，而且还在于"行走"时所目睹的地理风景甚或时代景观都几乎发生了天翻地覆的"除根性"改变。面对混杂着前现代、现代性和后现代性的地理景观激发的是怎样的情怀和想象呢？

在一个提速和迅速拆毁的时代，是否"我们都不去看前方"？在一个"去地方化"的时代，我们已经很难通过地理空间和文化区域来发现具有"方言"归属感的写作。

而在城市甚至城镇无处不在的巨大的广告牌下，诗人躲避的不只是天空降落的雨。

对于"地方性知识"和"故人故地"正在消失的时代而言，诗人再次用行走开始诗歌写作就不能不具有时代的重要性。然而，我们的诗歌可以在行走中开始，但是我们又该在哪里结束呢？

我给出的答案是这样的。我会继续打开那个临街的窗口，让那些夏天的热浪和冬天的朔风一起席卷过来。也许，隔窗取火要好于隔岸观火。

2015年夏日，北京

图书在版编目（CIP）数据

陌生人的悬崖 / 霍俊明著. — 2版. — 成都：四
川文艺出版社，2019.4

ISBN 978-7-5411-5293-1

Ⅰ.①陌… Ⅱ.①霍… Ⅲ.①诗歌评论—中国—当代
—文集 Ⅳ.①I207.22-53

中国版本图书馆CIP数据核字（2019）第038624号

MOSHENGREN DE XUANYA

陌生人的悬崖

霍俊明　著

责任编辑　龙　青　奉学勤
封面设计　鸿儒文轩·书心瞬意
内文设计　史小燕
责任校对　汪　平

出版发行　四川文艺出版社（成都市槐树街2号）
网　　址　www.scwys.com
电　　话　028-86259285（发行部）　028-86259303（编辑部）
传　　真　028-86259306

邮购地址　成都市槐树街2号四川文艺出版社邮购部　610031
印　　刷　三河市华东印刷有限公司
成品尺寸　142mm×210mm　　　开　本　32开
印　　张　6.5　　　　　　　　　字　数　130千
版　　次　2019年4月第二版　　　印　次　2021年4月第三次印刷
书　　号　ISBN 978-7-5411-5293-1
定　　价　45.00元